2009 全国二级建造师执业资格考试
全真模拟试卷——建设工程法规及相关知识

全国二级建造师执业资格考试命题研究小组 编

U0116141

机械工业出版社

本书是专门为广大参加全国二级建造师执业资格考试的考生而编写的,书中的八套模拟试卷充分体现了近年来二级建造师执业资格考试制度的发展历程、命题思路的变化方式和考题形式的发展趋势。书中还附有2008年考试真题,便于考生掌握考试题型的变化。

图书在版编目(CIP)数据

建筑工程法规及相关知识/全国二级建造师执业资格考试命题研究小组编. —北京:机械工业出版社,2009.1
(2009全国二级建造师执业资格考试全真模拟试卷)
ISBN 978 - 7 - 111 - 25909 - 1

Ⅰ. 建… Ⅱ. 全… Ⅲ. 建筑法—中国—建筑师—资格考核—习题
Ⅳ. D922.297 - 44

中国版本图书馆 CIP 数据核字(2008)第 202855 号

机械工业出版社(北京市百万庄大街 22 号 邮政编码 100037)
责任编辑:张 晶   封面设计:张 静
责任印制:李 妍
北京蓝海印刷有限公司印刷
2009 年 1 月第 1 版第 1 次印刷
184mm×260mm ·7 印张·170 千字
标准书号:ISBN 978 - 7 - 111 - 25909 - 1
定价:19.00 元

前　言

　　"2009 全国二级建造师执业资格考试全真模拟试卷"是围绕着"夯实基础,掌握重点,突破难点,稳步提高"这一理念进行编写。

　　此套全真模拟试卷的优势主要体现在以下几方面:

　　一、预测准。本书紧扣"考试大纲"和"考试教材",指导考生梳理和归纳核心知识,不仅是对教材精华的浓缩,也是对教材的精解精练。本书可以帮助读者掌握要领、强化核心,提高学习效率,可以高效地掌握考试的精要。试卷信息量大,涵盖面广,对 2009 年全国二级建造师执业资格考试试题的宏观把握和总体预测都具有极强的前瞻性。

　　二、权威性。本书是作者在总结经验,开创特色的宗旨下,按照 2009 全国二级建造师执业资格考试大纲,针对 2009 全国二级建造师执业资格考试的最新要求精心设计,代表着 2009 全国二级建造师执业资格考试动态和基本方向。

　　三、时效性。编写组在总结历年命题规律的基础上,运用前瞻性、预测性的思维去分析考情,在本书中展示了各知识点可能出现的考题形式、命题角度和深度,努力做到与考试试题趋势"合拍",步调一致。本书题型新颖,切合二级建造师执业资格考试实际,包含大量深受命题专家重视的新题、活题。

　　为了使全书尽早与考生见面,满足广大考生的迫切需求,参与本书策划、编写和出版的各方人员都付出了辛勤的劳动,在此表示感谢。

　　编写组专门为考生提供答疑网站(www.wwbedu.com),并配备了专业答疑教师为考生解决疑难问题。

　　本书在编写过程中,虽然几经斟酌和校阅,但由于作者水平所限,难免有不尽人意之处,恳请广大读者一如既往地对我们的疏漏之处进行批评和指正。

目　　录

全真模拟试卷（一）

一、单项选择题（共 70 题，每题 1 分。每题的备选项中，只有 1 个最符合题意）

场景（一） 甲因不能胜任工作，经培训后，仍不能胜任。公司研究决定，从 2007 年 8 月 1 日起解除与甲某的劳动合同。2008 年 2 月公司濒临破产，在 2008 年 2 月 26 日法定整顿期间，乙某成为被裁减人员。

根据场景（一），回答下列问题：

1. 根据《劳动法》的规定，在协商解除劳动合同的情况下，（　　）应当依照国家有关规定给予经济补偿。
   A. 建设单位　　　　　B. 施工单位　　　　　C. 用人单位　　　　　D. 劳动者

2. 根据《劳动法》的规定，该公司要与甲解除劳动合同，最迟应于（　　）前以书面形式通知甲某。
   A. 2007 年 6 月 1 日　　　　　　　　　B. 2007 年 6 月 16 日
   C. 2007 年 7 月 2 日　　　　　　　　　D. 2007 年 7 月 16 日

3. 根据《劳动法》的规定，如果该公司在（　　）前录用人员，应当优先录用乙某等被裁减人员。
   A. 2008 年 3 月 26 日　　　　　　　　　B. 2008 年 5 月 26 日
   C. 2008 年 8 月 26 日　　　　　　　　　D. 2009 年 2 月 26 日

4. 劳动者在（　　）情形下，可以随时通知用人单位解除劳动合同。
   A. 患病或者负伤，在规定的医疗期内的
   B. 在试用期内的
   C. 严重失职的
   D. 严重违反劳动纪律或者用人单位规章制度的

5. 下列社会关系中，属于我国《劳动法》调整的劳动关系是（　　）。
   A. 劳动者之间的雇佣关系
   B. 施工单位与承包单位的合作关系
   C. 劳动者与社会保险机构之间的关系
   D. 劳动者与施工单位之间在劳动过程中发生的关系

6. 根据《劳动法》的规定，劳动者有（　　）情形时，用人单位不可以随时解除劳动合同。
   A. 某单位司机李某因交通肇事罪被判处有期徒刑三年
   B. 某单位发现王某在试用期间不符合录用条件
   C. 史某在工作期间严重失职，给单位造成重大损失
   D. 职工姚某无法胜任本岗位工作，经过培训仍然无法胜任

场景（二） 甲公司与乙施工企业签订建筑材料买卖合同，合同约定，甲公司向乙施工企业提供建材，货款 6 万元，乙企业向甲公司支付定金 1 万元，如任何一方不履行合同应支付违约金

1.5万元。合同签订后,甲公司立即与生产厂家丙公司签订了购买合同。由于丙公司的资金短缺,无法保证向甲公司供货,致使乙施工企业未能及时收到建筑材料而造成2万元的损失。

根据场景(二),回答下列问题:

7. 乙施工企业的损失应当(   )。
    A. 由甲公司承担
    B. 由丙公司承担
    C. 由乙公司自己承担
    D. 由甲公司和丙公司连带承担

8. 乙施工企业提出的如下诉讼请求中,不能获得法院支持的是(   )。
    A. 要求甲公司双倍返还定金2万元
    B. 要求甲公司双倍返还定金2万元,同时支付违约金1.5万元
    C. 要求甲公司支付损害赔偿2万元
    D. 要求甲公司支付违约金1.5万元

9.《合同法》规定的承担违约责任是以(   )为原则的。
    A. 惩罚性   B. 平等性   C. 补偿性   D. 合理性

10. 违约责任的构成要件,是指合同当事人因违约必须承担法律责任的(   )。
    A. 法定要素   B. 主观要件   C. 客观要件   D. 法律要素

11. 根据《合同法》规定,约定的违约金(   )。
    A. 低于造成损失的,非违约方可以请求人民法院予以增加
    B. 高于造成损失的,违约方可以请求人民法院予以减少
    C. 过分高于造成损失的,非违约方可以请求人民法院予以增加
    D. 违约方支付迟延履行违约金后可以不再继续履行债务

场景(三)   甲承包商与乙签订装修合同,合同约定由甲承包商在2006年12月31日前为乙将其的一套别墅装修好,乙于2007年1月1日向甲支付全部工程款。甲与2006年12月10日提前完工,并交于乙。2007年1月1日乙并未按合同约定向甲支付工程款,甲与2007年2月15日向乙催收,乙答应甲2007年3月8日付款,3月8日甲并未收到乙的工程款。2007年7月1日~8月1日之间,当地发生特大洪水,导致甲承包商不能行使请求权。2007年12月1日,甲承包商向法院提起诉讼,请求业主乙支付拖欠的工程款,2007年12月31日法院作出判决。

根据场景(三),回答下列问题:

12. 上诉场景中,甲承包商的诉讼时效期间届满的时间是(   )。
    A. 2008年12月10日
    B. 2009年1月1日
    C. 2009年3月8日
    D. 2009年8月1日

13. 诉讼时效,是指权利人在法定期间内,未向人民法院提起诉讼请求保护其权利时法律规定消灭其(   )的制度。
    A. 上诉权   B. 实体权   C. 求偿权   D. 胜诉权

14. 根据《民法通则》的规定,在诉讼时效期间最后6个月内,因不可抗力或者其他障碍不能行使请求权的,诉讼时效(   )。
    A. 中止   B. 中断   C. 终止   D. 继续

15. 根据《合同法》规定,国际货物买卖合同和技术进出口合同争议的诉讼时效为(   )年。
    A. 1   B. 2   C. 3   D. 4

16. 根据《海商法》规定,就海上货物运输向承运人要求赔偿的请求权,时效时间为

（　　）年。

    A. 1   B. 2   C. 3   D. 4

17. 从权利成立之时开始计算,定有履行期限的债权,从履行期限届满之时开始计算,是（　　）。

    A. 附延缓条件的债权

    B. 未定有履行期限的债权

    C. 附起始期的债权

    D. 对于人身伤害而发生的损害赔偿请求权

18. 下列关于上述场景的描述中,正确的是（　　）。

    A. 2007 年 7 月 1 日至 8 月 1 日之间诉讼时效中止

    B. 2007 年 7 月 1 日至 8 月 1 日之间诉讼时效中断

    C. 2007 年 12 月 1 日起诉讼时效中断

    D. 2007 年 12 月 31 日起诉讼时效中断

19. 上述场景中,甲承包商的诉讼时效应从（　　）起重新计算。

    A. 2007 年 7 月 1 日   B. 2007 年 8 月 1 日

    C. 2007 年 12 月 1 日   D. 2007 年 12 月 31 日

    场景（四） 甲建筑工程公司与乙建材供应公司签订建材购销合同,同时在合同中约定就本合同发生争议提请 Z 市仲裁委员会仲裁。后来合同履行过程中发生争议,甲公司将乙公司告上法庭。

    根据场景（四）,回答下列问题:

20. 若甲公司向人民法院起诉时未声明有仲裁协议,法院受理后,乙公司在首次开庭之前提交仲裁协议的,（　　）。

    A. 人民法院可以驳回甲公司起诉   B. 人民法院应当驳回甲公司起诉

    C. 人民法院可以通过当事人协商   D. 当事人双方应协议再提起诉讼

21. 甲公司将乙公司告上法庭,对此乙公司没有向受诉法院提出异议。开庭审理中,甲公司举出充分证据,乙公司败诉已成定局,此时乙公司向法院提交了双方达成的仲裁协议,则人民法院应（　　）。

    A. 继续审理

    B. 判决仲裁协议无效

    C. 将仲裁协议的效力问题移交有关仲裁委员会审理

    D. 如甲公司对仲裁协议效力没有异议,则裁定驳回起诉

22. 甲、乙两公司的仲裁协议的内容可以不包括（　　）。

    A. 选定的仲裁委员会   B. 仲裁事项

    C. 双方不到法院起诉的承诺   D. 请求仲裁的意思表示

23. 乙公司向仲裁庭申请仲裁,甲公司接到仲裁庭的开庭通知后,不到庭又无正当理由,则仲裁庭可以（　　）。

    A. 撤销案件   B. 撤回申请

    C. 中止审理   D. 缺席裁决

24. 如果乙公司申请仲裁后,在仲裁庭的主持下与甲公司达成了调解协议,则下列说法中错

误的是(　　)。

A. 仲裁庭可以制作调解书

B. 仲裁庭可以根据调解协议制作裁决书

C. 裁决书的法律效力要高于调解书

D. 仲裁庭制作的调解书经双方当事人签收后发生法律效力

25. 若经仲裁委员会作出裁决,甲、乙两公司对裁决结果均不满意。则下列表述中正确的是(　　)。

A. 双方可就此争议再次向该仲裁委员会申请仲裁

B. 双方可就此争议重新达成仲裁协议后向另外的仲裁委员会申请仲裁

C. 双方可就此争议向人民法院起诉

D. 双方可向人民法院申请撤销仲裁裁决

26. 若仲裁裁决被撤销后,甲、乙两公司的争议并未解决,在这种情况下,根据《仲裁法》的规定,甲、乙两公司就该事件可以(　　)。

A. 双方重新达成协议只能申请仲裁

B. 向人民法院起诉

C. 根据双方重新达成的仲裁协议申请仲裁也可以向人民法院起诉

D. 根据当事人一方就申请仲裁或向人民法院提起诉讼

场景(五)　A、B两家施工单位的资质分别为一级、二级,两家组成联合体,共同投标一项工程,A、B签订的联合投标协议约定:如果在施工的过程中出现质量问题遭遇建设单位的索赔,各自承担索赔额的50%。后来在施工的过程中由于B公司的施工技术问题致使工程出现了质量问题,并因此遭到了建设单位的索赔,索赔额为18万元。建设单位找A施工单位索要全部赔偿款18万元,A施工单位拒绝建设单位的要求,只答应付9万元。

根据场景(五),回答下列问题:

27. 根据《中华人民共和国建筑法》规定,大型建筑工程或者结构复杂的建筑工程,可以(　　)。

A. 由两个承包单位联合共同承包

B. 由两个以上的承包单位联合共同承包

C. 由多家承包单位联合共同完成工程

D. 按照资质等级较低的单位的业务许可范围承揽工程

28. A、B两家施工单位组成的联合体资质等级为(　　)。

A. 一级　　　　　　　　　　B. 二级

C. 主管部门重新评定　　　　D. 一级或二级

29. 工程转包是指将(　　)。

A. 工程的部分交由其他单位完成　　B. 一部分工程交由其他单位完成

C. 所有工程全部交由其他单位完成　　D. 全部建筑工程转包给他人

30. 下列关于事故赔偿的说法中,正确的是(　　)。

A. A施工单位的做法是正确的,据当初联合协议约定只用承担50%即可

B. A施工单位可以不用赔付,因为事故责任全是B施工单位的,和A施工单位无关

C. A施工单位应该全部赔付18万元,可在事后找B施工单位追偿9万元

D. 建设单位不可以只要求 A 施工单位赔偿,应同时要求 A、B 施工单位赔偿

31. 关于联合承包方式承揽建筑工程的施工任务,下列说法中不符合我国《中华人民共和国建筑法》规定的是( )。

A. 双方应签订联合承包的协议

B. 按照资质等级低的单位的业务范围承揽建设工程

C. 联合承包各方就承揽工程向建设单位承担连带责任

D. 联合承包各方根据联合承包协议约定的比例对建设单位承担责任

场景(六) 甲施工企业与乙钢材生产企业签订一份 600 万元的钢材购销合同,合同约定甲施工企业分期付款,最后一笔尾款于 2008 年 8 月 31 日前付清,丙企业在合同的保证人一栏中加盖了企业的印章。甲施工企业逾期没有还清欠款,乙钢材生产企业于 2008 年 9 月 20 日向法院提起诉讼。

根据场景(六),回答下列问题:

32. 下列关于保证责任和保证期间的表述,正确的是( )。

A. 丙企业承担一般保证责任,保证期间为自 2008 年 8 月 31 日起 6 个月

B. 丙企业承担一般保证责任,保证期间为自 2008 年 9 月 20 日起 6 个月

C. 丙企业承担连带保证责任,保证期间为自 2008 年 8 月 31 日起 6 个月

D. 丙企业承担连带保证责任,保证期间为自 2008 年 9 月 20 日起 6 个月

33. 《担保法》规定的担保形式中,保证的担保人只能是( )。

A. 债务人   B. 第三人   C. 债权人   D. 保证人

34. 保证是指( )当债务人不履行债务时,保证人按照约定履行债务或者承担责任的行为。

A. 保证人与被保证人约定   B. 保证人和债权人约定

C. 债权人与债务人约定   D. 债务人和保证人约定

35. ( )是指债权人和保证人约定,在债务人不能履行债务时,由保证人承担保证责任的保证方式。

A. 连带保证   B. 特殊保证   C. 一般保证   D. 全面保证

36. 保证方式没有约定或约定不明的,按( )承担担保责任。

A. 法律   B. 一般保证   C. 连带保证   D. 合同规定

37. 下列关于保证分类的说法不正确的是( )。

A. 连带保证中,债务人若在债务履行期满不履行债务,债权人可以要求保证人在其保证范围内承担保证责任

B. 保证方式没有约定或约定不明确,按照一般保证承担保证责任

C. 保证一般分为一般保证和连带保证

D. 一般保证中,保证人在主合同纠纷未经审判或仲裁时,可以拒绝保证

场景(七) 在施工监理过程中,甲工程监理单位发现乙施工单位的施工现场存在重大安全隐患,要求施工单位停工整改,乙施工单位以工程工期紧急为由不停止施工。

根据场景(七),回答下列问题:

38. 工程监理单位依法应当对有关安全技术措施和专项施工方案进行( )。

A. 核实   B. 批准   C. 监督   D. 审查

39. 对于乙施工单位的行为,甲监理单位应当( )。

    A. 继续要求施工单位整改   B. 要求施工单位停止施工

    C. 及时向有关主管部门报告   D. 协助施工单位消除隐患

40. 根据《建设工程安全生产管理条例》的规定,下列不属于监理单位安全责任的是( )。

    A. 编制技术措施   B. 审查安全技术措施

    C. 审查专项施工方案   D. 报告安全生产事故隐患

41. 工程监理单位和监理工程师应当按照法律、法规和工程建设强制性标准实施监理,并对建设工程安全生产( )。

    A. 承担赔偿责任   B. 承担法律责任

    C. 承担监理责任   D. 承担管理责任

42. 工程监理单位审查施工组织设计中的安全技术措施时,主要是审查该措施( )。

    A. 是否符合建设单位的意图   B. 是否符合工程建设强制性标准

    C. 是否符合经济性要求   D. 是否会影响到施工进度

场景(八) 甲建筑施工单位为能在市政府办公楼项目招标中中标,以投资考察的名义,安排市主管领导及家属赴欧洲旅游,并在国外为其购买了贵重纪念品,共花费人民币近50万元。

根据场景(八),回答下列问题:

43. 甲施工单位已构成行贿罪,人民法院应当( )。

    A. 仅对甲单位进行刑事处罚

    B. 仅对甲单位直接负责人进行刑事处罚

    C. 对甲单位或甲单位负责人进行刑事处罚

    D. 对甲单位和甲单位负责人进行刑事处罚

44. 下列各项,属于刑事责任的承担方式的是( )。

    A. 警告   B. 拘役   C. 拘留   D. 没收违法所得

45. ( )是实施了犯罪行为,依法应当承担刑事责任的。

    A. 犯罪客体   B. 犯罪的客观方面

    C. 犯罪主体   D. 犯罪的主观方面

46. 根据《刑法》规定,判处刑罚应当( )。

    A. 根据犯罪情节决定罚金数额

    B. 根据犯罪嫌疑人家庭经济情况决定罚金数额

    C. 根据犯罪的本质决定罚金数额

    D. 根据犯罪对社会的危害和影响决定罚金数额

47. 下列关于刑事责任的说法中,正确的是( )。

    A. 主刑包括管制、拘役、有期徒刑、无期徒刑、缓刑和死刑

    B. 附加刑包括罚金、没收财产、监外执行和剥夺政治权利

    C. 主刑和附加刑可以共同适用

    D. 构成犯罪就一定要接受刑事处罚

场景(九) 甲施工企业与乙建筑设备租赁站订立了一年的脚手架设备书面租赁合同,合同

到期后,甲继续使用,并向乙缴纳租金,乙也接受了甲缴纳的脚手架设备租金。

根据场景(九),回答下列问题:

48.对于甲、乙的行为,下列表述中正确的是( )。

　　A.甲、乙的行为属于有效的法律行为,是后续合同行为

　　B.甲、乙的行为属于无效的法律行为,必须重签合同才能有效

　　C.甲、乙的行为属于有效的法律行为,但合同无效

　　D.甲、乙的行为属于无效的法律行为,但合同有效

49.以下的合同形式不属于书面形式的是( )。

　　A.电文　　　　　　　　B.合同书　　　　　　　　C.公证　　　　　　　　D.信件

50.依据《合同法》规定,下列关于合同形式的说法不正确的是( )。

　　A.合同书有标准合同书与非标准合同书之分

　　B.虽然未采用书面形式但已经履行了合同的全部义务,合同有效

　　C.当事人订立合同,有书面形式、口头形式和其他形式

　　D.法律、法规规定采用书面形式的,或当事人约定采用书面形式的,应当采用书面形式

51.违约责任是指当事人不履行合同义务或者履行合同义务不符合约定时应承担的( )。

　　A.法律责任　　　　　　B.行为责任　　　　　　C.违约责任　　　　　　D.刑事责任

52.违约责任条款设定的意义在于督促当事人自觉适当地履行合同,保护非违约方的合法权利,违约责任的承担( )。

　　A.一定通过合同约定　　　　　　　　　　B.不一定通过合同约定

　　C.通过抵押来确定　　　　　　　　　　　D.通过法院约定

场景(十) 2008年7月6日,某建筑公司的司机甲将自己所驾驶的该建筑公司送沥青混凝土的运输车开进了施工现场附近的一条小河里进行清洗。

根据场景(十),回答下列问题:

53.司机甲的该行为( )。

　　A.不属于违法行为

　　B.属于违法行为,违反了《水污染防治法》中关于防止地表水污染的规定

　　C.属于违法行为,违反了《水污染防治法》中关于防止地下水污染的规定

　　D.属于违法行为,违反了《固体废物污染环境防治法》

54.依据《水污染防治法》的规定,新建、扩建、改建直接或者间接向水体排放污染物的建设项目和其他水上设施,必须遵守有关建设项目环境保护管理的规定,建设项目的环境影响报告书必须对( )可能产生的水污染和对生态环境的影响作出评价。

　　A.企业　　　　　　B.施工单位　　　　　　C.建设项目　　　　　　D.生产企业

55.建设项目中防治水污染的设施,必须与主体工程同时设计,同时施工,同时投产使用,防治水污染的设施必须经过( ),达不到规定要求的,该建设项目不准投入生产或者使用。

　　A.环境保护部门的检验　　　　　　　　　B.国务院的批准

　　C.省级行政部门的审查　　　　　　　　　D.各级环境保护部门的审查

56.向水体排放含热废水,应当( ),保证水体的水温符合环境质量标准防止热污染

危害。

    A.采取措施　　　　　　　　　　　B.经环境保护管理单位批准

    C.经过消毒处理　　　　　　　　　D.分层放水

57.根据《水污染防治法》的规定,为了防止地下水污染,人工回灌补给地下水,不得(　　)。

    A.使用无防渗措施的沟渠　　　　　B.混合开采地下水

    C.恶化地下水质　　　　　　　　　D.倾倒含有毒物质的废水

    场景(十一)　某日,王某骑车回家途中经过一工地时,掉进一个没有设置明显标志且未采取安全措施的坑中,造成脚部受伤,花去医疗费2000元。王某多次找该项目的建设单位、施工单位索赔,双方互相推诿。

    根据场景(十一),回答下列问题:

58.该施工单位应对王某承担的责任是(　　)。

    A.违约责任　　　　B.侵权责任　　　　C.行政责任　　　　D.刑事责任

59.上述场景中,承担该责任的主体应是(　　)。

    A.建设单位　　　　　　　　　　　B.施工单位

    C.王某与建设单位　　　　　　　　D.王某与施工单位

60.下列各项,不属于建设工程法律责任构成要件的是(　　)。

    A.有损害事实发生　　　　　　　　B.违反职业道德规范

    C.存在违法或损害行为　　　　　　D.违法行为与损害事实有因果关系

    二、多项选择题(共25题,每题2分。每题的备选项中,有2个或2个以上符合题意,至少有1个错项。错选,本题不得分;少选,所选的每个选项得0.5分)

    场景(十二)　甲建设单位的一项建设项目对外招标,评标由依法组成的评标委员会负责。招标文件中规定开标时间是2008年7月10日上午10点整。在2008年7月10日上午10点整的时候共收到A、B、C、D、E、F、G七家施工单位的投标书,其中,C单位标书没有密封;D单位的标书上只有单位的盖章而没有法人代表的签字或盖章;A单位没有按招标文件的要求提交保证金;G单位同时提交了两份内容不同的投标书。2008年7月10日上午11:30,另有一家H单位送来了一份投标书,并说明原因是因为公司的领导出差刚回来,由于签字的原因才送来晚了。

    根据场景(十二),回答下列问题:

61.根据《招标投标法》规定,开标时检查投标文件密封情况,应当由(　　)进行。

    A.招标人　　　　　　　　　　　　B.投标人或投标人推选的代表

    C.评标委员会　　　　　　　　　　D.招标代理机构

    E.公证机构

62.依法必须进行招标的项目,其评标委员会由(　　)等方面的专家组成。

    A.投标人的代表　　　　　　　　　B.招标人代表

    C.技术人员　　　　　　　　　　　D.经济专家

    E.公证人员

63.关于评标委员会成员的义务,下列说法中正确的是(　　)。

    A.评标委员会成员应当客观、公正地履行职务

    B.评标委员会成员可以私下接触投标人,但不得收受投标人的财物或者其他好处

全真模拟试卷(二)

一、单项选择题(共 70 题,每题 1 分。每题的备选项中,只有 1 个最符合题意)

场景(一) 甲公司的一项工程委托乙招标代理机构进行对外招标,A、B、C 三家具有相应资质的建筑公司参加投标,最终 B 公司中标。中标通知书发出后,甲公司对 B 公司又不是很满意,且双方还未签订合同,就对 B 公司发出一则撤销其中标的通知,同时向 C 公司发出了中标通知书。

根据场景(一),回答下列问题:

1. 招投标活动的公开原则,首先要求( )。
    A. 招标内容公开　　　　　　　　　　　B. 招标信息公开
    C. 招标的标准公开　　　　　　　　　　D. 招标人的身份公开

2. 在向 B 公司发出中标通知书后,甲公司( )改变中标结果。
    A. 可以根据情况　　　　　　　　　　　B. 可以委托投标人
    C. 不得擅自　　　　　　　　　　　　　D. 可以以任何理由

3. 《招标投标法》规定,招标投标活动应当遵循公开、公平、公正和诚实信用的原则。公开原则,首先要求招标信息公开,其次,还要求( )公开。
    A. 评标方式　　　　B. 招标投标过程　　　　C. 招标单位　　　　D. 投标单位

4. 关于必须进行招标的工程建设项目的最低规模标准,下列表述中正确的是( )。
    A. 项目总投资额在 3000 万美元以上的
    B. 施工单项合同估算价在 100 万元人民币以上的
    C. 重要材料单项合同估算价在 100 万美元以上的
    D. 项目总投资额在 3000 万元人民币以上的

5. 根据《招标投标法》,下列选项中( )可以不进行招标。
    A. 施工企业自建自用的工程,且该施工企业资质等级符合工程要求的建设项目
    B. 个人投资建设的所有工程
    C. 国外资金占工程投资金额超三分之一的项目
    D. 部分是由国家投资的建设项目

场景(二) 甲施工企业于 2008 年 5 月 1 日向乙企业发出采购 80t 钢材的要约,乙企业于 2008 年 5 月 5 日发出同意出售的承诺信件。2008 年 5 月 8 日,信件寄至甲企业,时逢其总经理外出,2008 年 5 月 9 日,总经理知悉了该信内容,遂于 2008 年 5 月 10 日电传告知乙收到承诺。

根据场景(二),回答下列问题:

6. 该承诺自( )起生效。
    A. 2008 年 5 月 5 日　　　　　　　　　B. 2008 年 5 月 8 日
    C. 2008 年 5 月 9 日　　　　　　　　　D. 2008 年 5 月 10 日

7. 若乙企业的承诺对要约作出如下变更,则承诺有效的情形为( )。

A. 乙企业对要约内容增加了三条说明性条款,甲企业并未反对

B. 乙企业对钢材型号的变更

C. 乙企业对钢材发货日期的变更,但是甲企业及时表示反对

D. 乙企业对钢材质检标准的变更

8. 根据《合同法》规定,承诺撤回的条件是,撤回承诺的通知应当在(   )到达要约人。

A. 要约到达受要约人之前

B. 受要约人发出承诺通知之前

C. 承诺通知到达要约人之前

D. 受要约人发出承诺通知之后

9. 如果法律和当事人双方对合同的形成程序均没有特殊要求时,(   )日合同成立。

A. 承诺生效

B. 要约生效

C. 附生效期限的合同期限界至

D. 双方当事人签字或者盖章

10. 按照我国《合同法》的规定,承诺的内容应当与要约内容一致,受要约人对要约的内容作出实质性变更的为(   )。

A. 效力特定的承诺

B. 新要约

C. 要约邀请

D. 有效承诺

11. 下列关于承诺的表示中,错误的是(   )。

A. 承诺是一种法律行为

B. 承诺是受要约人完全同意要约的意思表示

C. 承诺可以撤销

D. 承诺可以撤回

场景(三) 甲公司与乙公司同时签订了两个合同,第一个合同是材料采购合同,合同中约定由甲公司先向乙公司提供材料,乙公司接受材料后向甲公司支付材料款。第二个合同是劳务合同,合同中约定由乙公司为甲公司提供劳务,甲公司根据完成的工程量向乙公司支付劳务费。

根据场景(三),回答下列问题:

12. 如果乙公司没有按照合同的约定支付材料款,则(   )。

A. 甲公司就可以不向乙公司支付劳务费

B. 甲公司可以追究乙公司的违约责任,但是应当继续向乙公司支付劳务款

C. 甲公司不向乙公司支付劳务费是在行使不安抗辩权

D. 甲公司不向乙公司支付劳务费是在行使后履行抗辩权

13. (   )的规定,是运用国家强制力保障合同法效力最有力的手段。

A. 合同争议解决

B. 违约责任

C. 全面履行

D. 适当履行

14. 违反合同而承担违约责任,是以(   )为前提的。

A. 法律、法规   B. 合同成立   C. 合同有效   D. 合同合法

15. 当事人承担违约责任的形式不包括(   )。

A. 定金   B. 赔偿损失   C. 采取补救措施   D. 继续实际履行

16. 《根据合同法》规定,违约责任除另有规定外,实行(   )原则。

A. 过错责任   B. 严格责任   C. 损害赔偿   D. 公平合理

17. 关于违约责任的构成要件,下列说法正确的是( )。
    A. 主观上有过失是违约责任的主观要件
    B. 主观上有故意是违约责任的主观要件
    C. 只要造成违约的事实就要承担违约责任
    D. 没有造成违约的事实也要承担违约责任

场景(四) 甲工程监理公司是乙药厂厂房工程的监理单位,项目实施过程中监理工程师王某发现了安全事故隐患却未及时要求施工单位暂时停止施工,以致酿成安全事故。安全生产监督管理部门查明事实后对甲公司作出罚款 20 万元的处罚决定。甲公司对此处罚不服。

根据场景(四),回答下列问题:

18. 若甲公司欲申请行政复议,应当自知道该处罚之日起( )提出。
    A. 30 天内   B. 60 天内   C. 6 个月内   D. 1 年内

19. 若甲公司申请行政复议后,安全生产监督管理部门未提出书面答复、提交当初作出具体行政行为的证据,则( )。
    A. 由复议机关责令其提交   B. 不影响复议机关作出决定
    C. 撤销该具体行政行为   D. 驳回复议申请

20. 行政复议决定作出后,如果甲公司不服行政复议决定,则( )。
    A. 不可以提起诉讼
    B. 可以提起诉讼,但是应当在收到行政复议决定之日起 10 天内提起
    C. 可以提起诉讼,但是应当在收到行政复议决定之日起 15 天内提起
    D. 可以提起诉讼,但是应当在收到行政复议决定之日起 30 天内提起

21. 若甲公司对一审判决也不服,则( )。
    A. 不可以上诉
    B. 应当在判决书送达之日起 10 日内上诉
    C. 应当在判决书送达之日起 15 日内上诉
    D. 安全生产监督管理部门也可以根据一审判决和行政复议申请人民法院强制执行

22. 根据《行政诉讼法》相关规定,人民法院接到起诉状,经审查应当在( )日内立案或者作出裁定不予受理。
    A. 3   B. 5   C. 7   D. 10

23. 若经二审法院判决甲公司败诉,甲公司拒缴罚款,则由( )强制执行。
    A. 第一审法院   B. 第二审法院
    C. 被告住所地法院   D. 甲公司住所地法院

场景(五) 甲公司承接由乙公司开发的 4 幢住宅楼的施工任务,双方签订了工程承包合同,随即甲公司向丙设备租赁公司租用挖掘机一台,并签订了租赁合同。

根据场景(五),回答下列问题:

24. 民事法律关系客体是指( )。
    A. 在法律关系中表现为财的客体主要是建设资金
    B. 义务人所要完成的能满足权利人要求的结果
    C. 民事法律关系之间权利和义务所指向的对象

D. 民事主体之间基于民事法律关系客体所形成的民事权利和民事义务

25. 作为法律关系客体的行为是指（　　）。
    A. 义务人所要完成的能满足权利人要求的结果
    B. 在生产上和生活上所需要的客观实体
    C. 人们脑力劳动的成果或智力方面的创作
    D. 民事法律关系客体所形成的民事权利和民事义务

26. 作为法律关系客体的行为是指（　　）所要完成的能满足权利人要求的结果。
    A. 权利人　　　　　B. 义务人　　　　　C. 当事人　　　　　D. 参与者

27. 场景中所述工程承包合同和租赁合同中，属于法律关系客体的是（　　）。
    A. 4 幢住宅楼　　　　　　　　　　　B. 甲公司的施工行为
    C. 挖掘机的使用权　　　　　　　　　D. 甲公司所支付的租金

28. 作为法律关系客体的智力成果是指通过某种物体或大脑记载下来并加以流传的（　　）。
    A. 精神财富　　　　　B. 思维成果　　　　　C. 精神产品　　　　　D. 非物化产品

场景（六）　甲建筑工程公司与乙房地产开发公司签订承包合同，由甲公司承建乙公司开发的某住宅小区项目。在施工过程中，甲公司依法分立为丙建筑工程公司和丁建筑材料供应公司，分立协议约定，该住宅小区项目由丙公司负责完成。

根据场景（六），回答下列问题：

29. 如果项目在竣工验收时被认定为不合格，则因此而产生的责任应当由（　　）。
    A. 甲公司承担　　　　　　　　　　　B. 丙公司承担
    C. 丁公司承担　　　　　　　　　　　D. 丙公司和丁公司连带承担

30. 债务人转移义务的，新债务人（　　）与主债有关的从债务，但该债务专属于原债务人自身的除外。
    A. 不可承担　　　　　　　　　　　　B. 应当承担
    C. 经债权人同意后承担　　　　　　　D. 无义务承担

31. 根据《合同法》规定，债权人转移义务的，新债务人可以主张原债务人对债权人的（　　）。
    A. 代理权　　　　　B. 拒绝权　　　　　C. 代位权　　　　　D. 抗辩权

32. 下列关于债权、债务的说法正确的是（　　）。
    A. 转移债务的，新债务人和原债务人对合同的义务承担连带责任
    B. 当事人订立合同后合并的，由合并后的法人和其他组织承担连带债务，享有连带债权
    C. 当事人订立合同后分立的，由分立的法人或其他组织对合同的权利和义务享有连带债权承担连带债务
    D. 转让债权的，受让人和让与人对合同的权利享有连带债权

33. 关于债务转移的效力，下列表述中错误的是（　　）。
    A. 抗辩权随之转移　　　　　　　　　B. 从债务随之转移
    C. 抵销权随之转移　　　　　　　　　D. 承担人成为合同新债务人

场景（七）　甲因有急事而将一件外套落在了车站候车厅，内有甲的身份证和 100 元钱，后

甲发现衣服丢了即返回找寻却被告知衣服被乙拿走,甲找到乙,要求乙返还衣服、身份证及100元钱,乙则以这是自己捡到的衣服,而甲现在不能提供买衣服的证明,且衣服内没有身份证为由不予返还。

根据场景(七),回答下列问题:

34.(   )是指权利人依法对特定的物享有直接支配和排他的权利。

    A.所有权   B.地役权   C.物权   D.担保权

35.(   )是物权具有的法律特征。

    A.是权利人直接支配物并享受物的利益的权利

    B.对自己不动产或者动产享有的权利

    C.对他人所有的住房及其附属设施占有、使用的权利

    D.所有权是最完整、最充分的物权

36.(   )是指用益物权人对他人所有的不动产或者动产,享有占有、使用和收益的权利。

    A.所有权   B.用益物权   C.地役权   D.担保物权

37.(   )指因通行、取水、排水等需要,通过签订合同,利用他人的不动产,以提高自己不动产效益的权利。

    A.居住权   B.宅基地使用权   C.地役权   D.承包经营权

38.侵害物权,造成权利人损害的,权利人可以(   )。

    A.申请转让   B.请求消除危险   C.请求损害赔偿   D.请求确认权利

场景(八) 某施工工地临近市郊,已修成的学校操场没有安装护栏,一天晚上在无人阻拦的情况下,有甲、乙两人进入施工现场,在学校操场上练车,因车速太快,汽车冲过操场撞上对面的建筑物,两人重伤,后来发现施工现场入口处无人看管,也没有设立安全警示标志。

根据场景(八),回答下列问题:

39.根据我国《建设工程安全生产管理条例》的规定,承担该责任的主体是(   )。

    A.建设单位   B.施工单位

    C.甲、乙与建设单位   D.甲、乙与施工单位

40.下列说法中,正确的是(   )。

    A.由于两人不经过施工单位的允许进入施工现场,所以这两人负安全责任

    B.施工现场入口无人看管,施工单位应负安全责任

    C.施工现场入口没有设立安全警示标志,施工单位应负安全责任

    D.甲、乙两人与施工单位分别承担部分责任

41.根据《建设工程安全生产管理条例》规定,施工单位应当在危险部位设置明显的安全警示标志,安全警示标志必须符合(   )标准。

    A.部门   B.行业   C.地区   D.国家

42.根据《建设工程安全生产管理条例》规定,施工单位主要负责人依法对(   )。

    A.本单位安全生产工作负责

    B.本单位的全面管理负责

    C.本单位的安全生产工作全面负责

    D.本单位安全生产资金负责

43.根据《建设工程施工现场管理规定》的规定,建设单位或者施工单位应当做好施工现场

安全保卫工作,采取必要的(　　),在现场周边设立围护设施。

　　A.防火措施　　　　　　　　　　B.防盗措施

　　C.防止环境污染措施　　　　　　D.防噪声措施

场景(九)　华星水泥厂与远大建筑公司签订了材料供应合同,随后又与保证人签订了相应的担保合同。后来,华星水泥厂与远大建筑公司在合同权利义务方面发生纠纷,经人民法院认定其材料供应合同无效。

根据场景(九),回答下列问题:

44.上述材料供应合同无效,此时担保合同(　　)。

　　A.有效　　　　　B.部分有效　　　　　C.无效　　　　　D.有效性不确定

45.(　　)是《合同法》的重要基本原则,随着社会主义市场经济的发展,其重要性更加突出。

　　A.平等、自愿原则

　　B.遵守法律,维护社会公共利益原则

　　C.公平、诚实信用的原则

　　D.依法成立的合同对当事人具有约束力原则

46.合同终止后,当事人也应当遵循诚实信用的原则,根据交易习惯履行通知、协助保密等义务,称为(　　)。

　　A.契约义务　　　　B.后契约义务　　　　C.诚实义务　　　　D.公平义务

47.下列表述中,错误的是(　　)。

　　A.只有不履行合同义务,才承担违约责任

　　B.订立合同实行自愿的原则

　　C.依法成立的合同对当事人具有法律约束力

　　D.非依法律规定或者取得相对人的同意,不得擅自变更,解除合同

48.当事人均承担义务的合同是(　　)。

　　A.要式合同　　　　B.不要式合同　　　　C.双务合同　　　　D.单务合同

场景(十)　甲欲购买乙的房屋,经协商,甲同意7天后签订正式的买卖合同,并先交6000元订金给乙,乙出具了收条,7天后,甲了解到乙故意隐瞒了该房屋相关证件不齐的情况,拒绝签订合同。

根据场景(十),回答下列问题:

49.下列说法中正确的是(　　)。

　　A.甲有权要求乙返还6000元,并赔偿相应的损失

　　B.甲有权要求乙承担违约责任

　　C.甲有权要求乙返还10000元,并赔偿相应的损失

　　D.甲有权要求乙赔偿在买卖过程中受到的损失

50.缔约过失责任是在(　　)形成的。

　　A.合同缔约过程中　　B.合同履行之后　　C.合同成立之后　　D.合同成立之前

51.按照我国《合同法》规定,一方故意提供虚假情况给对方造成损失的,应承担(　　)责任。

    A.双倍赔偿　　　　B.损害赔偿　　　　C.违约赔偿　　　　D.民事赔偿

52.根据《合同法》规定,下列给出了有关缔约过失责任的构成要件,其中不包括(　　)。

    A.缔约人一方主观上有过错行为

    B.缔约人另一方受到实际损失

    C.当事人在履行合同过程中有过错

    D.当事人的过错行为与造成的损失有因果关系

53.代理人隐瞒无权代理这一事实而与相对人进行磋商,应承担(　　)责任。

    A.违法　　　　B.缔约过失　　　　C.法律　　　　D.违约

  场景(十一)　小李今年17周岁,到城里打工1年挣得工资2万元,现小李回到家乡承包一小型砖厂,并签订了承包协议。

  根据场景(十一),回答下列问题:

54.下列关于该承包协议效力的说法,正确的是(　　)。

    A.因小李是限制民事行为能力人,该协议效力待定

    B.因小李不具备相应的民事行为能力,该协议无效

    C.因小李具备相应的民事行为能力,该协议有效

    D.因小李不具备相应的民事行为能力,该协议可撤销

55.限制民事行为能力人订立的合同,经(　　)追认后,合同有效。

    A.直系亲属　　　　B.委托代理　　　　C.法定代理人　　　　D.指定代理人

56.无处分权人通过订立合同取得处分权的合同(　　)。

    A.有效　　　　B.无效　　　　C.公证后有效　　　　D.效力待定

57.可变更的合同的在变更前属于(　　)合同。

    A.无效　　　　　　　　　　　　　　　B.有效

    C.合同不成立也无效　　　　　　　　　D.合同成立但无效

  场景(十二)　甲单位负有向乙单位支付50万元工程款的义务,乙单位负有向甲单位交付50万元建材的义务,甲单位与乙单位协商,准备将双方债务进行抵销。

  根据场景(十二),回答下列问题:

58.下列关于双方债务抵销的说法中,正确的是(　　)。

    A.双方的债务法定抵销　　　　　　　B.双方债务基于一方主张而抵销

    C.双方债务性质不同不得抵销　　　　D.双方债务只有约定方可抵销

59.根据我国《合同法》规定,合同解除的方式包括(　　)。

    A.违法解除和合法解除　　　　　　　B.法定解除和约定解除

    C.行政解除和司法解除　　　　　　　D.不安抗辩解除和同时履行抗辩解除

60.合同的权利义务终止的最主要和最常见的原因是(　　)。

    A.免除　　　　B.履行　　　　C.合同解除　　　　D.清偿

  二、多项选择题(共25题,每题2分。每题的备选项中,有2个或2个以上符合题意,至少有1个错项。错选,本题不得分;少选,所选的每个选项得0.5分)

  场景(十三)　甲是某建筑工程公司的工人,2004年5月15日,甲在建筑项目施工现场被一

块砖砸中左肩,当时手臂能动,也不觉得很痛,甲认为没必要去医院检查。2004 年 10 月 28 日,甲在工作中突然手使不上劲,后去医院检查有一小块骨头碎了。甲认为是其 5 月份在工地上被砸出的事,要求公司给予赔偿。公司认为甲可能是在被砸之后至今这段时间里在其他地方受的伤,并不给予赔偿,2005 年 2 月 7 日,甲向人民法院提起诉讼。

根据场景(十三),回答下列问题:

61.下列选项中,(   )诉讼时效期间为 1 年。
    A.身体受到伤害要求赔偿的   B.延付或拒付租金的
    C.出售质量不合格的商品未声明的   D.寄存财物被丢失或损毁的
    E.侵害了他人的权利和义务的

62.下列关于上述场景的描述中,正确的是(   )。
    A.本案诉讼时效期间于 2005 年 10 月 28 日届满
    B.本案诉讼时效期间于 2006 年 10 月 28 日届满
    C.甲某 2005 年 2 月 7 日的行为引起诉讼时效中止
    D.甲某 2005 年 2 月 7 日的行为引起诉讼时效中断
    E.甲某 2005 年 2 月 7 日的行为引起诉讼时效延长

63.根据我国《民法通则》及有关法律规定,诉讼时效期间通常可划分为(   )。
    A.普通诉讼时效   B.短期诉讼时效
    C.特殊诉讼时效   D.最长诉讼时效
    E.权利的最长保护期限

64.根据《民法通则》的规定,诉讼时效期间从知道或者应当知道权利被侵害时起计算,在下列情况下,诉讼时效期间的计算方法有(   )。
    A.附延缓条件的债权
    B.附起始期的债权
    C.未定有履行期限的债权
    D.对于人身伤害而发生的损害赔偿请求权
    E.对于环境污染而发生的损害赔偿请求权

65.根据《民法通则》的规定,导致诉讼时效中断的情形包括(   )。
    A.诉讼时效中断   B.诉讼时效中止
    C.起诉   D.债权人提出要求
    E.债务人同意履行义务

场景(十四) 甲公司中标成为 A 市一商务中心工程的施工总承包人,该中心由一幢 8 层的购物中心和一幢 20 层的写字楼组成。在签订总承包合同后,甲公司将 20 层写字楼工程主体结构的施工分包给一家具有三级资质的房屋建筑工程乙公司,业主提出异议,认为未经事先认可,且乙公司不具备相应资质等级。后甲公司经业主认可,又将整个工程的劳务作业交给具有相应资质的丙公司承包,并签订分包合同。

根据场景(十四),回答下列问题:

66.《建筑业企业资质管理规定》规定了不同资质建筑业企业的承揽工程的范围有(   )。
    A.施工总承包企业   B.专业承包企业
    C.劳务分包企业   D.劳务总承包企业

E. 施工分包企业

67. 承担施工总承包的企业可以对（　　）。

   A. 工程全部分包施工

   B. 所承接的工程全部自行施工

   C. 将非主体工程分包给具有相应专业承包资质的其他建筑企业

   D. 劳务作业分包给具有相应专业承包资质的建筑企业

   E. 将劳务作业分包给具有相应劳务分包资质的劳务分包企业

68. 如果丙公司在施工过程中出现安全事故，给业主造成了损失，业主（　　）。

   A. 可以根据总承包合同向总承包单位甲公司追究违约责任

   B. 可以单方解除合同，不支付工程款

   C. 可以根据法律规定直接要求分包单位丙公司承担损害赔偿责任

   D. 可以根据主管部门的规定直接要求分包单位丙公司承担损害赔偿责任

   E. 可以根据合同既向总承包单位甲公司索赔又向分包单位丙公司索偿

69. 《建设工程质量管理条例》将违法分包的情形界定为（　　）。

   A. 总承包单位将建设工程分包给不具备相应资质条件的单位的

   B. 建设工程总承包合同中未有约定，又未经建设单位认可，承包单位将其承包的部分建设工程交由其他单位完成的

   C. 施工总承包单位将建设工程主体结构的施工分包给其他单位的

   D. 分包单位将其承包的建设工程再分包的

   E. 建设单位承担的责任超过其应承担份额的

70. 若承包单位将承包的工程违反相关规定进行分包的，应当承担的法律责任包括（　　）。

   A. 予以取缔　　　　　　　　　　　　　B. 责令改正

   C. 没收违法所得，并处罚款　　　　　　D. 降低资质等级

   E. 吊销资质证书

　　场景（十五）　甲企业与乙银行签订一份 50 万元的贷款合同，丙企业在贷款合同的保证人栏中加盖了企业的印章。后来，甲企业由于资金短缺，逾期未能还款。

　　根据场景（十五），回答下列问题：

71. 下列关于该债务清偿的表述正确的有（　　）。

   A. 乙银行有权要求甲企业对 50 万元债务承担全部责任

   B. 乙银行有权要求丙企业对 50 万元债务承担责任

   C. 乙银行只能通过司法途径要求甲企业承担责任后，才可要求丙企业承担责任

   D. 乙银行有权要求甲企业对 30 万元债务承担责任，丙企业对 20 万元债务承担责任

   E. 乙银行只能要求甲企业与乙企业对 50 万元债务平均分摊责任

72. 保证的方式分为（　　）。

   A. 一般保证　　　　　　　　　　　　　B. 定金保证

   C. 部分连带责任保证　　　　　　　　　D. 连带责任保证

   E. 抵押

73. 保证担保的范围包括（　　）。

   A. 抵押金　　　　　　　　　　　　　　B. 主债权及利息

C.违约金   D.损害赔偿金

E.实现债权的费用

74.保证所包括的内容有( )。

    A.保证合同   B.履行合同   C.担保范围   D.保证人的资格

    E.保证方式

75.根据《担保法》规定,下列单位中,不可以作保证人的是( )。

    A.国家机关

    B.学校、幼儿园、医院等以公益为目的的事业单位、社会团体

    C.企业法人的分支机构、职能部门

    D.个体人员

    E.公民

场景(十六) 某公司拟从事工程安装业务,经工商登记机关登记取得法人营业执照。经营期间,因公司经理田某(法定代表人)经营管理不善,到期不能缴纳税务机关税款,于是向市税务分局申请延期缴纳,经市税务分局批准,同意其延期缴纳。

根据场景(十六),回答下列问题:

76.在延期纳税期间,田某申请出国探亲,拿到了护照并办理了签证,决定近期购买机票出国。税务机关得知这一消息后,可以采取的措施有( )。

    A.因延期缴纳税款的 3 个月期限还没有满,故不宜采取措施

    B.通知田某应当在出国前结清税款

    C.责令田某应当在出国前提供担保

    D.如果田某不能结清税款,又不提供担保,可以通知出境管理机关阻止其出境

    E.向法院申请强制执行,要求田某必须在出国前结清税款或者提供担保

77.公司持有营业执照后,应当尽快办理的事务是( )。

    A.自领取营业执照之日起 30 日内向税务机关办理税务登记

    B.按照有关法律、行政法规和国务院财政、税务主管部门的规定设置账簿

    C.开立银行账户

    D.向税务机关预交纳税保证金

    E.领购发票

78.纳税人应当按照国家有关规定使用税务登记证件,不得( )或者伪造税务登记证件。

    A.变更   B.转借   C.涂改   D.损毁

    E.买卖

79.该公司财务人员必须持有税务登记证件,才能办理的事项有( )。

    A.开立银行账户   B.申请减税、免税、退税

    C.申请营业执照   D.领购发票

    E.申请办理延期申报

80.该公司在依法缴纳税款后有权( )。

    A.向税务机关索取税收管理证明   B.向扣缴义务人索取代收税款报告表

    C.向扣缴义务人索取代扣税款凭证   D.向扣缴义务人索取代收税款凭证

    E.向税务机关索取完税凭证

参考答案

一、单项选择题

1. B	2. C	3. B	4. D	5. A
6. B	7. A	8. C	9. A	10. B
11. C	12. B	13. B	14. C	15. A
16. B	17. C	18. B	19. C	20. C
21. C	22. C	23. A	24. C	25. A
26. B	27. C	28. B	29. D	30. B
31. D	32. C	33. C	34. C	35. A
36. B	37. C	38. C	39. B	40. C
41. D	42. C	43. B	44. C	45. A
46. B	47. A	48. C	49. A	50. A
51. B	52. C	53. B	54. C	55. C
56. A	57. B	58. C	59. B	60. D

二、多项选择题

61. ABCD	62. AD	63. ABCE	64. ABCD	65. CDE
66. ABC	67. BCD	68. AC	69. ABCD	70. BCDE
71. AB	72. AD	73. BCDE	74. ACDE	75. ABC
76. BCD	77. AB	78. BCDE	79. ABDE	80. CDE

全真模拟试卷(三)

一、单项选择题(共70题,每题1分。每题的备选项中,只有1个最符合题意)

场景(一) 甲建筑单位对其一项建筑工程进行招标,项目建设期18个月,工程总造价3000万元,并发出了招标文件,文件中明确了投标人需提交投标保证金。A、B、C、D四家具有相应资质的施工企业前来投标,并在规定的时间内提交了投标文件,其中C企业未提交投标保证金,而被招标人拒绝。

根据场景(一),回答下列问题:

1. 国家有关规定对投标人资格条件或招标文件对投标人资格条件有规定的,投标人应当具备规定的(   )。
   A. 投标能力   B. 权利   C. 资格条件   D. 义务

2. 根据《招标投标法》的规定,投标人应当按照招标文件的要求(   )。
   A. 编制投标文件   B. 招标备案
   C. 资格预审   D. 完成招标项目

3. 根据《工程建设项目施工招标投标办法》的规定,(   )不属于投标文件所包括的内容。
   A. 投标报价   B. 投标保证金
   C. 施工组织设计   D. 商务和技术偏差表

4. 在此招标文件中,要求投标人提交投标保证金的数额不得超过(   )万元人民币。
   A. 40   B. 50   C. 60   D. 80

5. 投标保证金一般最高不得超过(   )万元人民币。
   A. 60   B. 70   C. 80   D. 100

6. 招标人收到投标文件后,应当签收保存,不得开启,投标人少于(   )个的,招标人应当依法重新招标。
   A. 2   B. 3   C. 4   D. 5

场景(二) 甲公司得知乙公司正在与丙公司谈判,甲公司本来不需要该合同,但为了排挤乙公司,于是甲公司就向丙公司提出了更优惠的条件,结果乙公司被迫退出,但随后甲公司也借故退出了谈判,给丙公司造成了损失。

根据场景(二),回答下列问题:

7. 甲公司的行为属于(   )。
   A. 商业竞争   B. 以合法的形式掩盖非法的目的
   C. 恶意磋商   D. 欺诈

8. 下列表述正确的是(   )。
   A. 丙公司的损失自己承担,因为合同并未成立
   B. 丙公司的损失自己承担,因为甲公司没有过失
   C. 丙公司的损失由甲公司承担,承担违约责任

D. 丙公司的损失由甲公司承担,承担缔约过失责任

9.《合同法》中规定的"缔约过失责任"是指(　　)。

   A. 订立合同时,由于本方对合同风险估计不足,履行过程中受到的损失应由自己负责

   B. 委托代理人订立合同,由于条款约定不明确导致的损失,应由委托人承担

   C. 由于本方授权签订合同代表人的失误而受到的损失,追究代表人缔约的过失责任

   D. 因订立合同时,对方提供虚假情况而使本方受到损失,要求对方承担赔偿责任

10. 缔约过失责任有别于违约责任的最重要原因是(　　)。

   A. 合同尚未成立   B. 合同无效

   C. 缔约一方受有损失   D. 缔约当事人有过错

11. 缔约过失责任自(　　)开始产生。

   A. 发出要约   B. 发出承诺   C. 要约生效   D. 承诺生效

场景(三) 张某经长期研究发明了一种新型建筑粉料,2004 年 6 月 8 日委托某专利事务所申请专利,6 月 20 日该专利事务所向国家专利局申请了专利,8 月 20 日专利局将其专利公告,2005 年 10 月 12 日授予张某专利权。

根据场景(三),回答下列问题:

12. 根据《专利法》的规定,非职务发明创造,申请专利的权利属于(　　)。

   A. 发明人或设计人的所在单位   B. 该单位

   C. 发明人和设计人   D. 发明人或者设计人

13. 职务发明创造申请专利的权利属于(　　)。

   A. 单位   B. 专利权人   C. 设计人   D. 发明人

14. 著作权中的发表权和财产权以及专利权(　　)。

   A. 受到保护期的限制

   B. 没有时间限制

   C. 超过法定保护期后,该知识产权消灭

   D. 超过法定保护期后,该知识产权继续有效

15. 上述场景中,张某专利权的届满期限是(　　)。

   A. 2024 年 6 月 8 日   B. 2024 年 6 月 20 日

   C. 2024 年 8 月 20 日   D. 2025 年 10 月 12 日

16. 根据相关法律规定,实用新型和外观设计专利权的期限是(　　)年。

   A. 5   B. 10   C. 15   D. 20

17. 根据《商标法》规定,经商标局核准注册的商标为注册商标,商标注册人享有商标(　　)权,受法律保护。

   A. 收益   B. 出让   C. 专用   D. 买卖

场景(四) 某房地产开发公司拟在 B 市 A 区开发一个住宅小区,预计于 2007 年 9 月 1 日开工,建筑工程项目的工期为 28 个月,工程合同价格为 8000 万元。该开发公司应当向工程所在地的区政府建设局申请领取施工许可证。工程的开工报告于 2007 年 8 月 10 日被批准。

根据场景(四),回答下列问题:

18. 该开发公司申请领取施工许可证的时间应当在(　　)。

A. 建设资金落实前   B. 确定施工单位前

C. 小区建筑工程开工前   D. 确定监理单位前

19. 根据《建筑工程施工许可管理办法》进一步规定,建设单位在申请领取施工许可证时,除了应当"有满足施工需要的施工图样及技术资料",还应满足(　　)。

A. 施工图设计文件已按规定进行了审查

B. 施工企业按规定进行了审查

C. 施工设计文件未经审查批准的可边使用边审查

D. 对安全施工措施进行监督

20. 根据我国《中华人民共和国建筑法》的规定,该开发公司最迟应当于(　　)前开工。

A. 2007 年 11 月 10 日   B. 2007 年 12 月 1 日

C. 2008 年 2 月 10 日   D. 2008 年 3 月 1 日

21. 根据《建筑工程施工许可管理办法》的规定,该开发公司开工前应当到位的资金要达到(　　)万元。

A. 2000   B. 2400   C. 3200   D. 4000

22. 限额以下的小型工程不需要申请施工许可证,根据 2001 年 7 月 4 日原建设部发布的《建筑工程施工许可管理办法》的相关规定,所谓的限额以下的小型工程指的是建筑面积在(　　)m² 以下的建筑工程。

A. 100   B. 200   C. 300   D. 500

场景(五) 某建筑公司雇佣的农民工甲不享受工伤保险。甲第一天上班,负责浇筑混凝土的工长乙在没有对其进行任何说明的情况下,安排甲去正在施工的振捣混凝土。工作中,由于振捣棒的剧烈振动加之桥上空间狭窄,甲从桥上掉了下来,摔成重伤。

根据场景(五),回答下列问题:

23. 下列选项中,不属于生产经营单位的主要负责人对本单位安全工作负有的责任的是(　　)。

A. 建立、健全本单位安全生产责任制

B. 对新工艺、新技术、新材料或者使用新的设备的管理

C. 组织制定本单位安全生产规章制度和操作规程

D. 保证本单位安全生产投入的有效实施

24. 生产经营单位的主要负责人和安全生产管理人员必须具备(　　)。

A. 相关的生产知识和生产能力

B. 与本单位所从事的生产经营活动相应的安全生产知识和管理能力

C. 本科以上的学历和安全生产知识的能力

D. 由主管部门对其安全生产知识和管理能力考核合格后方可任职

25. 下列说法不正确的是(　　)。

A. 如果由于安全设施不合格所导致事故,则建设项目安全设施的设计人、设计单位应当承担责任

B. 由于乙没有告知甲现场存在安全隐患,施工单位要承担责任

C. 由于施工单位没有为甲办理工伤保险,施工单位就属于违法

D. 对于自己企业的从业人员要办理工伤保险,对于雇用的农民工不需要办理

26. 根据《安全生产法》的有关规定,对员工宿舍的管理是( )。
    A. 两个以上生产经营单位在同一作业区域内并和员工宿舍相距很近要保持畅通的出口
    B. 向从业人员如实告知作业场所和工作岗位存在的危险因素、防范措施以及事故应急措施
    C. 生产经营场所和员工宿舍应当设有符合紧急疏散要求、标志明显、保持畅通的出口
    D. 明确各自的安全生产管理职责和应当采取的安全措施,并指定专职安全生产管理人员进行安全检查与协调

27. ( )情形没有违反《安全生产法》的规定。
    A. 为了安全起见,每天晚上,专职安全管理人员都要将农民工宿舍的门从外面反锁上
    B. 由于施工场地空间狭小,施工单位在存储汽油的建筑物内设置了员工宿舍,但是汽油存处地点在一楼,而员工宿舍在三楼
    C. 为了方便,将施工现场的员工宿舍作为了员工的办公室
    D. 为了方便工作,让一名员工居住到了尚未竣工的建筑物内

场景(六) 甲建筑材料公司分别与乙建筑公司和丙建筑公司签订了材料供应合同,甲公司与乙公司的合同中约定甲公司货到后乙公司付款;甲公司与丙公司的合同中约定,甲公司收到丙公司 30% 的预付款后即发货。期间,甲公司听说乙公司的信誉不好就中止了发货,后经证实是谣传;由于丙公司资金紧张,要求甲公司先发一批货应急,遭到甲公司的拒绝。

根据场景(六),回答下列问题:

28. 甲公司对乙公司的行为属于( )。
    A. 违约行为   B. 行使先履行抗辩权
    C. 行使不安抗辩权   D. 行使同时履行抗辩权

29. 甲公司对丙公司的行为属于( )。
    A. 违约行为   B. 行使先履行抗辩权
    C. 行使不安抗辩权   D. 行使同时履行抗辩权

30. 《合同法》中规定的合同履行抗辩权,是指合同履行过程中当事人任何一方因对方的违约而( )的行为。
    A. 解除合同   B. 变更合同   C. 转让合同   D. 中止履行合同义务

31. 合同履行中行使先履行抗辩权的方式是( )。
    A. 不履行合同   B. 终止履行合同
    C. 中止履行合同   D. 要求对方履行合同

32. 以下关于先履行抗辩权成立条件的错误说法是( )。
    A. 由同一双务合同产生互负的对待给付债务
    B. 合同中约定了履行的顺序
    C. 应当先履行的合同当事人没有履行合同债务或者没有正确履行债务
    D. 丧失商业信誉

场景(七) 甲房地产开发公司与乙设计院签订了工程设计合同,合同约定设计费为 80 万元,甲公司向乙设计院支付 16 万元定金。合同订立后,甲房地产开发公司实际向乙设计院支付了 10 万元定金。乙设计院在收取定金后拒不履行合同。

33. 对于乙设计院的行为,甲房地产开发公司可以要求乙设计院返还(　　)万元定金。

    A. 10 　　　　　　　　B. 16 　　　　　　　　C. 20 　　　　　　　　D. 32

34. 定金是担保的一种形式,其性质不包括(　　)。

    A. 合同成立的证据 　　　　　　　　　　　　B. 违约金

    C. 担保 　　　　　　　　　　　　　　　　　D. 抵作价款

35. 《担保法》是指调整因(　　)而产生的债权债务关系的法律规范的总称。

    A. 担保关系 　　　　B. 合同关系 　　　　C. 买卖关系 　　　　D. 债权债务

36. 定金的数额由当事人决定,但不得超过主合同标的额的(　　)。

    A. 10% 　　　　　　B. 20% 　　　　　　C. 25% 　　　　　　D. 30%

37. 定金与违约金都是一方应给付对方的一定款项,都有督促当事人履行合同的作用。下列选项中不属于两者主要区别的是(　　)。

    A. 定金为诺成合同,违约金为实践合同

    B. 定金有证约和预先给付的作用,而违约金没有

    C. 定金主要起担保作用,而违约金主要是违反合同的民事责任形式

    D. 定金一般是约定的,而违约金可以是约定的,也可以是法定的

场景(八) 甲建筑工程公司承包乙房地产开发公司的一座高层公寓的建设工程,甲公司将玻璃幕墙工程分包给丙建设施工公司。根据《建设工程安全生产管理条例》规定,施工单位应当为从事危险作业的人员办理意外伤害保险。在施工过程中由于脚手板断裂致使丙公司3名施工人员高空坠落丧生。

根据场景(八),回答下列问题：

38. 根据《建设工程安全生产管理条例》规定,丙建设施工单位的作业人员的意外伤害保险费应当由(　　)承担。

    A. 甲建筑工程公司 　　　　　　　　　　　　B. 乙房地产开发公司

    C. 丙建设施工单位 　　　　　　　　　　　　D. 丙建设施工单位的作业人员

39. 根据《建设工程安全生产管理条例》规定,此次安全事故应由(　　)。

    A. 甲公司承担主要责任 　　　　　　　　　　B. 丙公司承担主要责任

    C. 甲公司或丙公司承担责任 　　　　　　　　D. 甲公司和丙公司承担连带责任

40. 根据《建设工程安全生产管理条例》的有关规定,施工单位应当为施工现场从事危险作业的人员办理意外伤害保险,意外伤害保险期限自(　　)。

    A. 签订合同之日起至竣工验收合格止

    B. 缴纳保险费用起至本年度的年终

    C. 建设工程开工之日起至竣工验收合格止

    D. 从事危险作业日起至竣工止

41. 建设工程实行施工总承包的,由建设单位将包括土建和安装等方面的施工任务一并发包给一家具有相应施工总承包资质的施工单位,施工总承包单位在法律规定和(　　),全面负责施工现场的组织管理。

    A. 条款的范围内 　　　　　　　　　　　　　B. 制度的范围内

    C. 合同约定的范围内 　　　　　　　　　　　D. 安全生产管理条例范围内

42. 根据《建设工程施工现场管理规定》的规定,建设工程实行总包和分包的由( )负责施工现场的统一管理,监督检查分包单位的施工现场活动。

    A. 监理单位   B. 建设单位   C. 上级主管部门   D. 总包单位

43. 为了防止违法分包和转包等违法行为的发生,真正落实施工总承包单位的安全责任,《建设工程安全生产管理条例》进一步强调( )。

    A. 分包单位应当在总承包单位的统一管理下施工

    B. 总承包单位和分包单位对分包工程质量承担连带责任

    C. 总承包单位应当自行完成建设工程主体结构的施工

    D. 分包单位应当自行完成建设工程主体结构的施工

场景(九) 甲公司 2007 年 12 月 31 日应缴纳税款 10 万元,由于当地发洪水,申请延期缴纳税款,经税务机关批准,认为该公司可以延期缴纳税款。可是,该公司直至 2008 年 4 月 30 日仍未缴纳税款。

根据场景(九),回答下列问题:

44. 根据《税收征收管理法》规定,延期缴纳税款的期限,最长不得超过( )个月。

    A. 3   B. 6   C. 9   D. 12

45. 根据上述情形,税务机关可以责令该公司( )。

    A. 限期补缴税款 10 万元

    B. 除限期补缴税款 10 万元外,还征收 0.05% 的滞纳金

    C. 除限期补缴税款 10 万元外,还从滞纳税款之日起,按月征收 0.05% 的滞纳金

    D. 除限期补缴税款 10 万元外,还从滞纳税款之日起,按日加收 0.05% 的滞纳金

46. 根据《税收征收管理法》的有关规定,企业及其在外地设立的分支机构等从事生产、经营的纳税人,应当自领取营业执照之日起,( )日内,向税务机关申报办理税务登记。

    A. 10   B. 15   C. 30   D. 60

47. 下列各项属于纳税人的权利的是( )。

    A. 依法纳税   B. 收取完税凭证

    C. 出境清税   D. 纳税人报告制度

48. 企业欠缴税款数额较大,根据有关规定,下列表述错误的是( )。

    A. 企业在处分其不动产之前,应当向税务机关报告

    B. 企业在处分其不动产之前,应当征得税务机关同意

    C. 企业向税务机关结清应纳税款后,其法定代表人可以出国

    D. 企业向税务机关提供相应担保后,其法定代表人可以出国

场景(十) 某开发公司与杨某于 2008 年 8 月 10 日签订了一份商品房买卖合同,当时开发公司给杨某出示了商品房手续的复印件,但杨某于 2008 年 8 月 15 日经过了解,发现开发公司商品房开发手续不全,没有"商品房预售许可证",当时提供的复印件是假的。

根据场景(十),回答下列问题:

49. 开发公司与杨某之间的合同属于( )。

    A. 可撤销合同   B. 无效合同

    C. 有效合同   D. 效力待定合同

50. 杨某要想确认该合同没有法律效力,应当向( )申请。

    A. 房地产主管部门　　　　　　　　　　B. 法院或仲裁机构

    C. 地方行政主管部门　　　　　　　　　　D. 消费者协会

51. 如果合同于2008年8月28日被确认无效,则合同没有效力的时间是从( )开始。

    A. 2008年8月10日　　　　　　　　　　B. 2008年8月15日

    C. 2008年8月20日　　　　　　　　　　D. 2008年8月28日

52. 本合同虽然被确认为没有效力,但是合同中( )的条款是具有效力的。

    A. 违约责任　　　　B. 标的归属　　　　C. 付款方式　　　　D. 解决争议

53. 无效合同是指合同虽然已经成立,但因违反法律,行政法规的( )规定或者社会公共利益,自始不能产生法律约束力的合同。

    A. 指导性　　　　B. 建议性　　　　C. 原则性　　　　D. 强制性

54. 无效合同,当事人( )使其生效。

    A. 能通过履行合同条款　　　　　　　　B. 不能通过履行合同条款

    C. 能通过同意或追认　　　　　　　　　D. 不能通过同意或追认

场景(十一)　上海市某建筑公司与天津市某建材厂签订一份建材购销合同,双方商定在济南火车站交货,但最终因不可预见的原因合同未能实际履行,建筑公司欲对建材厂提起合同纠纷诉讼。

根据场景(十一),回答下列问题:

55. 建筑公司应在( )起诉。

    A. 上海市人民法院　　　　　　　　　　B. 天津市人民法院

    C. 铁路运输法院　　　　　　　　　　　D. 山东省人民法院

56. ( )是以当事人与法院的隶属关系来确定诉讼管辖。

    A. 一般地域管辖　　　　　　　　　　　B. 地域管辖

    C. 特殊地域管辖　　　　　　　　　　　D. 专属管辖

57. 如建筑公司发现( )与建材厂有利害关系,不可以申请回避。

    A. 审判人员　　　　B. 书记员　　　　C. 翻译人员　　　　D. 其辩护律师

58. 我国《民事诉讼法》确定级别管辖的根据不包括( )。

    A. 案件的性质　　　　B. 复杂程度　　　　C. 案件影响　　　　D. 当事人年龄

59. 关于回避申请的提出和决定,下列说法错误的是( )。

    A. 当事人可以用口头或书面方式提出回避申请

    B. 当事人的回避申请应当在案件开始审理时提出

    C. 当事人没有提出回避申请的,有关人员可以不回避

    D. 当事人在案件开始审理后才知道回避事由的,回避申请可以在法庭辩论终结前提出

60. 人民法院受理案件后,建材厂对管辖权有异议,则( )。

    A. 应当在提交答辩状期间提出

    B. 应当在提交答辩状前提出

    C. 应当在提交答辩状后提出

    D. 应当在移交裁定案件前提出

二、多项选择题

（共 25 题，每题 2 分。每题的备选项中，有 2 个或 2 个以上符合题意，至少有 1 个错项。错选，本题不得分；少选，所选的每个选项得 0.5 分）

场景（十二） 甲开发公司作为建设单位与施工单位乙建筑公司签订了某住宅小区的施工承包合同，合同中约定该项目于 2007 年 6 月 20 日开工，2009 年 8 月 10 日竣工。2008 年 5 月 18 日，有群众举报建设项目存在严重的偷工减料行为，经权威部门签订确认工程已完成部分（大约整个项目工程量的三分之一）为"豆腐渣"工程。

根据场景（十二），回答下列问题：

61. 甲开发公司解除合同，可以根据（   ）。

   A. 当事人一方迟延履行债务或者有其他违约行为致使不能实现合同目的

   B. 甲开发公司要与乙建筑公司解除合同需要征得建筑公司的同意

   C. 当事人一方依照本法主张

   D. 乙建筑公司偷工减料行为是违法行为，也是违约行为导致了"获得一个合格工程"的目的无法实现，甲开发公司可以解除合同

   E. 甲开发公司要经过上级有关部门进行协调后，方可解除合同

62. 合同解除的特征是（   ）。

   A. 合同解除是以有效成立的合同为对象

   B. 合同解除要有解除的规定

   C. 合同解除须具备必要的解除条件

   D. 合同解除要有解除的行为

   E. 合同解除的效果是合同关系消灭

63. 根据《合同法》的规定，合同当事人主张（   ），应当通知对方。

   A. 约定解除合同   B. 法定解除合同

   C. 法定债务抵销   D. 债务已按照约定履行

   E. 约定债务抵销

64. 下列情形中，属于法定解除合同条件的有（   ）。

   A. 债权人没有正当理由拒绝受领的

   B. 因为不可抗力使合同目的无法实现的

   C. 在合同履行期满前，一方明确表示不履行主要债务的

   D. 当事人一方经营状况严重恶化，丧失商业信誉

   E. 当事人一方迟延履行主要债务，经催告后在合理期限内仍不履行的

65. 根据《合同法》的规定，合同的权利义务终止的情形有（   ）。

   A. 合同解除   B. 债务已经按照约定履行

   C. 债务人免除债务   D. 债务相互抵销

   E. 债权债务同归于一个人

场景（十三） 某高等学校与某建筑研究所签订了勘察设计合同，合同规定由该建筑研究所在 3 个月内为高等学校完成新建教学楼的勘察设计工作，勘察设计工作完成后由高等学校向该研究所支付勘察设计费用 20 万元。

根据场景(十三),回答下列问题:

66.场景中所述合同法律关系的客体,不正确的是(   )。

　　A.20 万元　　　　　　B.教学楼　　　　　C.教学楼设计图样　　　D.勘察设计行为

　　E.合同内容

67.法律关系客体的种类包括(   )。

　　A.财　　　　　　　　B.物　　　　　　　C.合伙组织　　　　　　D.行为

　　E.非物质财富

68.民事法律关系主体是指民事法律关系中享受权利,承担义务的当事人和参与者,包括(   )。

　　A.自然人　　　　　　B.法人　　　　　　C.法人的权利　　　　　D.自然人的义务

　　E.其他组织

69.根据《民法通则》的规定,法人应当具备(   )条件。

　　A.依法独立　　　　　　　　　　　　　B.依法成立

　　C.有必要的财产或者经费　　　　　　　D.有自己的名称、组织机构和场所

　　E.能够独立承担民事责任

70.《民法通则》把法人分为(   )。

　　A.企业法人　　　　B.代理法人　　　　　C.民事权利　　　　　　D.非企业法人

　　E.法人代理

　　场景(十四)　　恒星建筑公司正在承建一住宅小区,有近 400 名的建筑工人同时施工,恒星公司也对工地做了一些安全设施。由于工人较多,同时为了方便,公司让一部分人住在了尚未竣工的一栋楼里。李某是恒星公司新聘用的员工,第一次进入新岗位并没有询问作业场所是否存在安全隐患,恒星公司也就没有告诉他其所作业的场所存在哪些危险因素,后来在其工作中发生了安全事故。

　　根据场景(十四),回答下列问题:

71.下列描述中,正确的是(   )。

　　A.李某没有询问作业场所是否存在安全隐患属于违法行为

　　B.恒星公司没有告诉李某作业场所存在安全隐患属于违法行为

　　C.如果李某未经培训直接上岗作业,则恒星公司违法

　　D.如果李某接受过培训,自己应该知道注意事项,恒星公司未告诉其作业场所安全隐患不违法

　　E.如果此事故的直接原因是李某未戴安全帽,则李某的行为属于违法行为

72.如果对恒星公司施工现场进行检查,发现如下问题,其中违反《安全生产法》的有(   )。

　　A.李某是后进员工,未经培训,直接上岗作业

　　B.员工宿舍在未竣工的建筑物里

　　C.从业人员赵某拒绝进入危险环境作业

　　D.从业人员王某发现别组的施工场所存在事故隐患,向单位负责人报告

　　E.从业人员孙某没有正确佩戴和使用劳动防护用品

73.对安全设施、设备的质量负责的岗位有(   )。

A. 对安全设施的设计质量负责的岗位

B. 对安全设施的施工负责的岗位

C. 对安全生产状况进行经常性检查的岗位

D. 对安全设施的竣工验收负责的岗位

E. 对安全设备质量负责的岗位

74. 下列叙述中,符合安全生产"三同时"制度的要求是(　　)。

A. 矿山建设项目和用于生产、储存危险物品的建设项目竣工投入生产或者使用前,只要经过验收程序即可投入生产和使用

B. 建设项目的安全设施,必须与主体工程同时设计、同时施工、同时投入生产和使用

C. 安全设施投资应当纳入建设项目概算

D. 矿山建设项目和用于生产、储存危险物品的建设项目,应当分别按照国家有关规定进行安全条件论证和安全评价

E. 矿山建设项目和用于生产、储存危险物品的建设项目的安全设施设计应当按照国家有关规定报经有关部门审查

75. 下列行为中,违反《安全生产法》规定的有(　　)。

A. 建筑项目单位必须督促、教育从业人员按照使用规则佩戴劳动防护用品

B. 某项目经理只要求采用新材料的从业人员进行安全生产教育,其他人员不必针对这种新材料进行安全生产教育和培训

C. 某项目经理规定特种作业人员必须而且只需经过本公司的安全生产培训合格后即可上岗作业

D. 某项目经理规定在本项目施工过程,具备本科以上学历的人员可以不必进行安全生产教育和培训

E. 建筑施工单位的主要负责人没有经过有关主管部门对其安全生产知识进行考核即任职

场景(十五)　某高层住宅工程结构设计合理使用年限 50 年,屋面防水为一级,设计使用年限 15 年,工程于 2007 年 8 月 5 日竣工验收合格并交付使用。

根据场景(十五),回答下列问题:

76. 《建设工程质量管理条例》在建设工程的(　　)等方面,对质量保修制度做出了更具体的规定。

A. 承揽施工范围　　　　　　　　　B. 保修范围

C. 保修期限　　　　　　　　　　　D. 保修金额

E. 保修责任

77. 根据《建设工程质量管理条例》规定,建设工程在保修范围的保修期内发生质量问题的(　　)。

A. 承包单位应履行保修义务

B. 施工单位的作业人员应履行保修义务

C. 施工单位应当履行保修义务

D. 对造成的损失承担民事责任

E. 对造成的损失承担赔偿责任

78. 该工程施工单位出具的质量保修书中有下列内容,其中符合法律、法规要求的是( )。

A. 基础工程的保修期限为 50 年

B. 屋面防水工程的保修期限为 7 年

C. 有防水要求的卫生间、厨房的保修期限为 2 年

D. 电气管线、给水排水管道、装修工程的保修期限为 1 年

E. 供热系统的保修期限自 2007 年采暖期起,到 2009 年采暖期结束为止

79. 根据《建设工程质量管理条例》规定,质量问题应当发生在( ),是施工单位承担保修责任的前提条件。

A. 承揽工程范围内　　　　　　　B. 保修范围内

C. 保修期限内　　　　　　　　　D. 保修限额内

E. 保修标准范围内

80. 根据《房屋建筑工程质量保修办法》规定,下列工程质量缺陷中,不属于保修范围的情况有( )。

A. 因工程材料造成的质量缺陷　　B. 因施工管理造成的质量缺陷

C. 因使用不当造成的质量缺陷　　D. 因第三方造成的质量缺陷

E. 因不可抗力造成的质量缺陷

参考答案

一、单项选择题

1. C	2. A	3. B	4. C	5. C
6. B	7. C	8. D	9. D	10. A
11. C	12. D	13. A	14. A	15. B
16. B	17. C	18. C	19. A	20. A
21. B	22. C	23. B	24. B	25. D
26. C	27. C	28. A	29. B	30. D
31. C	32. D	33. C	34. B	35. A
36. B	37. A	38. A	39. D	40. C
41. C	42. D	43. C	44. A	45. D
46. C	47. B	48. B	49. B	50. B
51. A	52. D	53. D	54. D	55. B
56. A	57. D	58. D	59. C	60. A

二、多项选择题

61. AD	62. ACDE	63. BC	64. BCE	65. ABDE
66. ABCE	67. ABDE	68. ABE	69. BCDE	70. AD
71. BCE	72. ABE	73. ABDE	74. BCD	75. CDE
76. BCE	77. CE	78. ABE	79. BC	80. CDE

全真模拟试卷(四)

一、单项选择题(共 70 题,每题 1 分。每题的备选项中,只有 1 个最符合题意)

场景(一) A、B 两家施工单位组成联合体投标,参与竞标某房地产开发商的住宅楼建设工程。两家单位均具备承担该项目的能力和相应的资质,指定 B 为联合体牵头人负责投标。中标后,在合同履行过程中,A 单位破产。

根据场景(一),回答下列问题:

1. 根据《招标投标法》规定,(   )法人或者其他组织可以组成一个联合体,以一个投标人的身份共同投标。

    A. 两个以上   B. 三个以上   C. 三个以下   D. 五个以上

2. A、B 联合体各方签订共同投标协议后,(   )。

    A. B 可以再以自己名义单独投标

    B. A 不是牵头人,可以再参加其他联合体在此项目中投标

    C. B 是该联合体的牵头人,可以以自己的名义邀请任何单位加入

    D. A、B 都不可以以自己名义单独投标

3. 下列表述中不正确的是(   )。

    A. A、B 两个施工单位是以一个投标人的身份参与投标

    B. A、B 在提交投标文件时,应当连同共同投标协议一并提交

    C. 如果中标后,A、B 两个施工单位应就各自承担的部分与房地产开发商签订合同

    D. 如果中标,A、B 两个施工单位应就此项目向该房地产开发商承担连带责任

4. A 单位破产,对于原本应当由 A 单位承担的义务,(   )。

    A. 招标人只能自己承担   B. 招标人可以要求 B 单位承担

    C. 只能由招标人和 B 单位共同承担   D. 招标人只能对此重新招标

5. 如果联合体中的一个成员单位没能按合同约定履行义务,招标人可以要求联合体中任何一个成员单位承担不超过总债务(   )的债务。

    A. 50%   B. 80%

    C. 任何比例   D. 共同投标协议约定的比例

场景(二) 甲乙签订一个买卖合同按照市场行情约定价格,2008 年 2 月 1 日订立合同时约定价格为每千克 200 元,合同规定 2008 年 4 月 1 日交货,但卖方乙推迟至 2008 年 5 月 1 日交货,2008 年 4 月 1 日时的市场价格为每千克 210 元,2008 年 5 月 1 日市场价格为每千克 220 元,逾期交货 1 个月的违约金为每千克 10 元。

根据场景(二),回答下列问题:

6. 上述情况下,甲方应按照每千克(   )元向卖方乙付款。

    A. 190   B. 200   C. 210   D. 220

7. 订立合同时,当事人在合同内对价款没有作出明确约定,在合同生效后,双方通过协商也

未达成一致,则应按照(　　)的市场价格履行。

    A.订立合同时订立地　　　　　　　　　B.订立合同时履行地

    C.履行合同时订立地　　　　　　　　　D.履行合同时履行地

8.执行政府定价的合同,如果当事人一方逾期交付货物,遇政府价格上调时,则应按(　　)执行。

    A.原价格　　　　　　　　　　　　　　B.新价格

    C.市场价　　　　　　　　　　　　　　D.原价与新价的平均价格

9.建设工程施工合同中,在合同生效后,由于合同的价款不明,则按(　　)的市场价格履行。

    A.签订合同所在地　　　　　　　　　　B.建设单位所在地

    C.施工单位所在地　　　　　　　　　　D.工程施工所在地

10.订立合同履行地点不明确,需给付货币的,在(　　)所在地履行。

    A.履行义务一方　　　　　　　　　　　B.执行权利一方

    C.接受货币一方　　　　　　　　　　　D.给付货币一方

场景(三) *A* 市甲施工企业与 *B* 市乙陶瓷厂签订了一批洁具采购合同,合同约定货到付款,交货期限为 2008 年 3 月 5～25 日。正常情况下,此两地之间货运时间为 7～14 天。后来,合同因解除而效力终止。

根据场景(三),回答下列问题:

11.如甲施工企业与乙陶瓷厂对该合同的解除经协商意思表示一致,称为(　　)。

    A.单方解除　　　　B.双方解除　　　　C.约定解除　　　　　D.法定解除

12.如至 2008 年 3 月 28 日乙陶瓷厂还没有交货,则下列选项中符合法定解除情形的是(　　)。

    A.3 月 29 日到货交付

    B.3 月 29 日催告乙厂交货,3 月 31 日仍未交货

    C.3 月 29 日催告乙厂交货,4 月 29 日仍未交货

    D.3 月 29 日催告乙厂交货,4 月 6 日仍未交货

13.合同解除是指合同当事人(　　),提前解除合同效力的行为。

    A.通过仲裁机构　　　　　　　　　　　B.单方解除

    C.依法行使解除权或者双方协商决定　　D.自行决定

14.合同终止实质上是(　　)。

    A.暂时停止履行合同　　　　　　　　　B.合同解除

    C.合同权利义务的终止　　　　　　　　D.债务已经按照约定履行

15.合同解除是(　　),而使债权债务关系提前归于消灭的行为。

    A.因当事人一方的意思或双方的协议

    B.因不可抗力

    C.行使法定权利

    D.通过废约产生新的合同

场景(四) 红星建筑公司欲建一住宅小区,预计于 2007 年 2 月 10 日开工,单位于 2007 年

1月30日领到工程施工许可证。领取施工许可证后因故不能按规定期限正常开工,故向发证机关申请延期。开工后又因故于2007年8月18日中止施工。

根据场景（四）,回答下列问题:

16.根据《中华人民共和国建筑法》的规定,该工程如正常开工,最迟允许日期为(　　)。
　　A.2007年4月29日　　　　　　　　　　B.2007年5月9日
　　C.2007年4月30日　　　　　　　　　　D.2007年5月10日

17.该公司建设单位通过申请延期,工程施工许可证的有效期最多可延长到(　　)为止。
　　A.2007年7月29日　　　　　　　　　　B.2007年7月30日
　　C.2007年10月29日　　　　　　　　　　D.2008年1月29日

18.根据《建设工程安全生产管理条例》规定,建设单位在领取施工许可证时,应(　　)。
　　A.提前进行施工措施审批
　　B.提供建设工程有关质量的资料
　　C.提供建设工程有关安全施工措施的资料
　　D.提供建设工程有关施工企业有足够资金的资料

19.根据我国《中华人民共和国建筑法》的规定,该单位应于(　　)前向施工许可证发证机关报告。
　　A.2007年9月3日　　　　　　　　　　B.2007年9月17日
　　C.2007年9月18日　　　　　　　　　　D.2007年11月18日

20.如果该建筑单位因征地问题没有解决,而不能按期开工,超过(　　),则应重新办理开工报告的批准手续。
　　A.2007年7月30日　　　　　　　　　　B.2007年8月10日
　　C.2008年1月30日　　　　　　　　　　D.2008年2月10日

21.如果该建筑工程在(　　)之后恢复施工,建设单位应当报发证机关核验施工许可证。
　　A.2007年11月18日　　　　　　　　　　B.2008年8月18日
　　C.2008年2月18日　　　　　　　　　　D.2009年8月18日

　　场景（五）　甲施工企业到A供应商的材料仓库提货时,仓库保管员由于工作疏忽多发了2t水泥给施工企业,A供应商发现后要求甲施工企业返还;在施工过程中,由于甲施工单位操作失误给邻近乙公司的建筑物造成损害,据有关法律规定,甲公司负有向乙公司赔偿损失的责任;后来,项目施工现场发生火灾,邻近的丙单位主动组织人员灭火,这一行为减少了甲施工单位的损失8万元,丙单位因此损失1万元。

　　根据场景（五）,回答下列问题:

22.(　　)是指没有合同根据,取得不当利益,造成他人损失。
　　A.违法所得　　　　B.不当得利　　　　C.无因管理　　　　D.侵权行为

23.根据《民法通则》的规定,(　　)是按照合同的约定或者依照法律的规定,在当事人之间产生的特定权利和义务关系。
　　A.要约　　　　　　B.承诺　　　　　　C.法律关系　　　　D.债

24.既未受人之托,也不负有法律规定的义务,而是自觉为他人管理事务的行为是(　　)。
　　A.侵权行为　　　　B.不当得利　　　　C.无因管理　　　　D.赠予

25.下列关于甲施工企业与A供应商之间的描述正确的是(　　)。

A.甲施工企业产生侵权之债,应返还

B.甲施工企业没有过错,无需返还

C.产生不当得利之债,甲施工企业应当返还

D.产生无因管理之债,甲施工企业应当返还

26.甲施工企业与乙公司之间的债务发生的根据是(　　)。

　　A.合同　　　　　　B.无因管理　　　　C.不当得利　　　　D.侵权行为

27.下列关于丙单位损失的表述中,正确的是(　　)。

　　A.丙单位只能自行承担这一损失

　　B.丙单位有权要求甲施工企业支付1万元

　　C.丙单位可以要求甲施工企业支付4万元

　　D.丙单位应当要求甲施工企业支付5万元

场景(六)　甲供应商向同一项目中的乙、丙两家专业分包单位供应同一型号材料,两份供货合同对材料质量标准均未约定。乙主张参照其他企业标准,丙主张执行总承包单位关于该类材料的质量标准,甲提出以降低价格为条件,要求执行行业标准,乙、丙表示同意。同时,甲、乙的供货合同中约定由甲将材料送至乙单位的施工现场;甲、丙的供货合同中未约定交货地点,后双方对此没有达成补充协议,也不能依其他方法确定。

根据场景(六),回答下列问题:

28.上述材料质量标准应达到(　　)。

　　A.国家标准　　　　　　　　　　　　B.行业标准

　　C.总承包单位确定的标准　　　　　　D.其他企业标准

29.由于甲供应商与丙施工单位之间的供货合同未约定交货地点,则甲供应商备齐材料后,(　　)。

　　A.应将材料送到施工现场　　　　　　B.应将材料送到丙单位的办公所在地

　　C.应将材料送到丙单位的仓库　　　　D.可通知丙单位自提

30.合同的履行以(　　)为前提和依据。

　　A.合同标的　　　B.合同当事人　　　C.有效的合同　　　D.法律、法规

31.合同具有法律约束力的首要表现是(　　)。

　　A.合同的合法　　　B.合同的有效　　　C.合同的履行　　　D.合同的订立

32.依据《合同法》的规定,当合同履行方式不明确时,按照(　　)的方式履行。

　　A.法律规定　　　　　　　　　　　　B.有利于实现债权人的目的

　　C.有利于实现合同目的　　　　　　　D.有利于实现债务人的目的

33.合同生效后,当事人就质量、价款或者报酬、履行地点等内容没有约定或者约定不明确的,可以协议补充,这体现了合同履行的(　　)原则。

　　A.法定履行　　　B.法规履行　　　　C.全面履行　　　D.诚实信用

场景(七)　某采石场向高速公路二标段的承包单位甲路桥公司运送砂石。甲公司未能按照合同约定给付砂石款,采石场拟通过法律手段解决。

根据场景(七),回答下列问题:

34.(　　)是指当事人在自愿互谅的基础上,就已经发生的争议进行协商并达成协议自行

解决争议的一种方式。

    A. 和解   B. 调解   C. 协议   D. 仲裁

35. 如果在购买砂石的合同中约定了仲裁,则(　　)。

    A. 当事人可以选择仲裁,也可以选择诉讼

    B. 当事人不可以选择和解

    C. 当事人不可以选择调解

    D. 当事人不可以选择诉讼

36. 如果采石场选择了仲裁,则(　　)。

    A. 就没有选择仲裁员的权利

    B. 申请仲裁后就不可以就此事再达成和解

    C. 无正当理由不到庭,就视为撤回仲裁

    D. 若对仲裁结果不服,可以继续上诉

37. 如果仲裁委员会裁决甲公司交付采石场砂石款 50 万元,限于 2008 年 9 月 11 日之前结清,若届时甲公司不予支付,则采石场(　　)。

    A. 可以自己强制执行

    B. 可以申请仲裁委员会强制执行

    C. 可以申请行政主管部门强制执行

    D. 可以申请人民法院强制执行

38. 若采石场对甲公司提起诉讼,甲公司接到开庭传票后没有派人参加诉讼,人民法院缺席进行了判决,这体现了诉讼解决纠纷的(　　)。

    A. 独立性   B. 公权性   C. 强制性   D. 程序性

39. 民事诉讼是解决建设工程纠纷的重要方式,其中民事诉讼的参与人不包括(　　)。

    A. 证人   B. 第三人   C. 审判长   D. 勘验人

场景(八) 华星建设单位希望将总部大楼建成标志性建筑,于是向社会征集设计方案,并声明如果方案被采纳,则奖励设计者人民币 30 万元。在对众多稿件的评审后,建设单位并没有发现满意的方案,于是委托工程师丙在综合甲、乙二人设计稿的基础上进行改进,完成了设计稿,建设单位支付给丙 20 万元报酬。

根据场景(八),回答下列问题:

40. 民事主体对智力成果依法享有的专有权利是(　　)。

    A. 使用权   B. 经营权   C. 地役权   D. 知识产权

41. 上述场景中,建设单位的行为(　　)。

    A. 侵犯了甲、乙的著作权   B. 没有侵犯甲、乙的任何权利

    C. 侵犯了甲、乙的专利权   D. 侵犯了甲、乙的商标权

42. (　　)是财产权的对称。

    A. 知识产权   B. 人身权   C. 保护权   D. 著作权

43. (　　)是指与民事主体的人身不可分离,不具有直接财产内容的民事权利。

    A. 知识产权   B. 人身权   C. 署名权   D. 著作权

44. 著作人身权中的署名权、修改权和保护作品完整权的保护期(　　)。

    A. 为 5 年   B. 为 10 年   C. 为 20 年   D. 不受限制

45. 对著作权法保护的对象的说法中,不恰当的是(   )。

A. 文学、艺术和科学领域内具有独创性的智力成果

B. 以建筑物或者构筑物形式表现的有审美意义的作品

C. 施工、生产绘制的工程设计图,产品设计图以及反映地理现象、说明事物原理或者结构的地图、示意图等作品

D. 具有展示、试验或者观测等用途,根据物体的形式和结构,按照一定比例制成的立体作品

场景(九) 张某是甲施工单位的主要负责人,在项目施工过程中,甲施工单位在抽排地下水时未采取防护措施,致使邻近的乙单位印刷设备基础倾斜,乙单位因此损失 10 万元。

根据场景(九),回答下列问题:

46. 根据我国《建设工程安全生产管理条例》的规定,乙单位(   )。

A. 只能自行承担这一损失 　　　　　　B. 可以要求甲施工单位赔偿

C. 应当要求监理单位赔偿 　　　　　　D. 应当要求设计单位赔偿

47. 根据《建设工程安全生产管理条例》,因建设工程施工可能造成损害的毗邻建筑物、构筑物和地下管线等,(   )应当采取专项保护措施。

A. 监理单位 　　　B. 建设单位 　　　C. 施工单位 　　　D. 设计单位

48. 根据《建设工程安全生产管理条例》的有关规定,施工单位主要负责人的安全生产方面的主要责任内容,不包括(   )。

A. 建立、健全安全生产责任制度和安全生产教育培训制度

B. 制定安全生产规章制度和操作规程

C. 落实安全生产责任制度、安全生产规章制度和操作规程

D. 保证单位安全生产条件所需资金投入

49. 根据《建设工程安全生产管理条例》的规定,施工单位的主要负责人、项目负责人、专职安全生产管理人员应当经(   )考核合格后方可任职。

A. 建设行政主管部门或者其他有关部门

B. 市级以上人民政府

C. 县级以上人民政府

D. 安全生产管理部门

50. 根据《建设工程安全生产管理条例》的有关规定,施工单位应当对管理人员和作业人员每年至少进行(   )次安全生产教育培训。

A. 1 　　　　　　　B. 2 　　　　　　　C. 3 　　　　　　　D. 5

场景(十) 某施工企业在工程建设中准备采用一种新的施工技术以提高工程质量和施工进度,但不符合有关强制性标准的规定。根据规定,应当组织专题技术论证,报批行政主管部门审定。

根据场景(十),回答下列问题:

51. 根据规定,应当由(   )组织专题技术论证,报批行政主管部门审定。

A. 施工单位 　　　　　　　　　　　　B. 施工单位提请监理单位

C. 监理单位 　　　　　　　　　　　　D. 施工单位提请建设单位

52. 根据《工程建设行业标准管理办法》规定,(   )不属于工程建设行业标准的强制性标准。

    A. 工程建设重要的通用的信息技术标准

    B. 工程建设重要的行业专用的信息技术标准

    C. 工程建设重要的行业专用的术语、符号、代号、量与单位和制图方法等标准

    D. 行业需要控制的其他工程建设标准

53. 根据《实施工程建设强制性标准监督规定》,对工程建设强制性标准实施情况进行监督检查的方式中,在全体工程或某类工程中抽取一定数量进行的检查是(   )。

    A. 重点检查   B. 突击检查   C. 专项检查   D. 抽查

54. 根据《实施工程建设强制性标准监督规定》的规定,强制性标准监督检查的内容不包括(   )。

    A. 工程项目的规划、勘察、设计、施工、验收等是否符合强制性标准的规定

    B. 工程质量的施工、监理、验收是否符合强制性标准的规定

    C. 工程项目采用的材料、设备是否符合强制性标准的规定

    D. 工程中采用的导则、指南、手册、计算机软件的内容是否符合强制性标准的规定

55. 有关于对工程建设标准的说法正确的是(   )。

    A. 强制性标准就是法律

    B. 只有国家标准和行业标准才有强制性标准和推荐性标准之分

    C. 只有国家标准才有强制性标准和推荐性标准之分

    D. 只有国家标准和地方性标准才有强制性标准和推荐性标准之分

场景(十一) 某大型项目进行配套环境保护措施的技术论证,其环境影响评价文件获得批准,按期开工。工程项目完工交付使用后,发现与审批的环境影响报告表内容不符。

根据场景(十一),回答下列问题:

56. 根据《环境影响评价法》的有关规定,我国根据建设项目对环境的影响程度,对建设项目的环境影响评价实行分类管理,(   ),应当编制环境影响报告书。

    A. 可能造成重大环境影响的   B. 可能造成特大环境影响的

    C. 可能造成轻度环境影响的   D. 可能对环境造成很小影响的

57. 根据《环境影响评价法》规定,(   )不属于建设项目的环境影响报告书所应当包括的内容。

    A. 建设项目的概况   B. 建设项目对环境影响的经济损益分析

    C. 建设项目对环境影响的经济赔偿   D. 环境影响评价的结论

58. 根据《环境影响评价法》,(   )应当对建设项目投入生产或者使用后所产生的环境影响进行跟踪检查。

    A. 建设单位   B. 建设行政主管部门

    C. 使用单位   D. 环境保护行政主管部门

59. 根据《环境影响评价法》的规定,建设项目的环境影响评价文件,由(   )按照国务院的规定报有审批权的环境行政主管部门审批。

    A. 监理单位   B. 建设主管部门   C. 建设单位   D. 施工单位

60. 环境影响评价,是指(   )。

A. 防治污染和其他公害,保障人体健康,促进社会主义现代化建设的发展,进行监测的方法

B. 对规划和建设项目实施后可能造成的环境影响进行分析、预测和评估,提出预防或者减轻不良环境影响的对策和措施,进行跟踪监测的方法与制度

C. 对可能造成重大环境影响的,应当编制环境影响报告书,对产生的环境影响进行全面评价

D. 涉及水土保持的建设项目,必须有经由水行政主管部门审查同意的水土保持方案

二、多项选择题(共25题,每题2分。每题的备选项中,有2个或2个以上符合题意,至少有1个错项。错选,本题不得分;少选,所选的每个选项得0.5分)

场景(十二) 甲施工企业与乙钢铁公司订立了一份钢材购销合同,约定乙钢铁公司向甲施工企业交付200t钢材,货款80万元,甲施工企业向乙钢铁公司支付定金10万元;如任何一方不履行合同应支付违约金15万元。乙钢铁公司因将钢材卖给丙施工企业而无法向甲施工企业交付,给甲施工企业造成损失20万元。

根据场景(十二),回答下列问题:

61. 甲施工企业( )的诉讼请求不能获得法院支持。
   A. 要求乙钢铁公司支付违约金20万元
   B. 要求乙钢铁公司双倍返还定金20万元
   C. 要求乙钢铁公司支付违约金15万元,同时返还定金10万元
   D. 要求乙钢铁公司支付违约金15万元,同时继续履行交货义务
   E. 要求乙钢铁公司支付违约金15万元,同时双倍返还定金20万元

62. 根据《合同法》有关规定,违约责任的承担形式有( )。
   A. 继续履行　　　B. 采取补救措施　　　C. 赔偿损失　　　　D. 价格协商
   E. 双重定金

63. 《合同法》规定,违约金可分为( )。
   A. 补偿性违约金　　　　　　　　　　B. 约定违约金
   C. 制裁性违约金　　　　　　　　　　D. 惩罚性违约金
   E. 法定违约金

64. 在违约责任的承担中,损失赔偿额应当( )。
   A. 相当于因违约造成的损失
   B. 不包括合同履行后可获得的利益
   C. 包括合同履行后可获得的利益
   D. 不得超过违约方订立合同时预见的违约可能造成的损失
   E. 可以超过违约方订立合同时预见的违约可能造成的损失

65. 下列关于当事人约定违约金的正确表述有( )。
   A. 约定的违约金低于实际损失,当事人可以请求法院或仲裁机构裁定予以增加
   B. 合同中必须约定违约金
   C. 当事人就迟延履行约定违约金的,违约方支付违约金后,还应履行债务
   D. 约定的违约金过分高于实际损失,当事人可按违约金执行

E.合同中未约定违约金,当事人一方有权要求违约方依法支付违约金

场景(十三) 某建筑施工现场发生重大责任事故,接到报告的单位负责人田某立即将此事上报给当地人民政府,政府对此事做了登记后要求田某立即组织人员进行抢救。事后经统计,在此次事故中有5名从业人员不同程度受伤。经调查是由于施工设备存在安全隐患未排除造成的,家属要求建筑单位给予赔偿,田某以一直未曾调查清楚事故原因为由推脱,后来田某逃匿。

根据场景(十三),回答下列问题:

66.事故调查处理应当按照( ),并对事故责任者提出处理意见。

    A.实事求是、尊重科学的原则

    B.及时、准确查清事故的原因,查明事故性质

    C.总结事故教训,提出整改措施

    D.对事故当事人提出处理意见

    E.对有失职、渎职行为的,追究法律责任

67.根据《安全生产法》的规定,生产安全事故报告应当遵守的规定有( )。

    A.生产经营单位发生生产安全事故后,事故现场有关人员应当立即报告本单位负责人

    B.单位负责人接到事故报告后,应当迅速采取有效措施,组织抢救,防止事故扩大,减少人员伤亡和财产损失

    C.负有安全生产监督管理职责的部门接到事故报告后,应当立即按照国家有关规定上报事故情况

    D.有关地方人民政府和负有安全生产监督管理职责部门的负责人接到重大生产安全事故报告后,应当立即赶到事故现场,组织事故抢救

    E.负有安全生产监督管理职责的部门接到事故报告后,应当立即按照有关规定,对造成事故责任人追究责任或赔偿

68.根据《安全生产法》规定,生产安全事故调查处理应当遵守的基本原则有( )。

    A.有关地方人民政府和负有安全生产监督管理职责部门的负责人接到重大生产安全报告后,应当立即组织抢险人员进行事故抢险

    B.事故调查处理应当按照实事求是、尊重科学的原则,及时准确地查清事故的原因,查明事故性质和责任,总结事故教训,提出整改措施

    C.生产经营单位发生生产安全事故,经调查确定为责任事故的,对失职、渎职行为的,追究法律责任

    D.任何单位和个人不得阻挠和干涉对事故的依法调查处理

    E.任何单位和个人对事故负有责任要赔偿或者罚款

69.此次事故中,对于建筑单位及负责人田某应承担的法律责任的描述正确的有( )。

    A.建筑单位应承担赔偿责任

    B.田某知道安全隐患未上报,是田某的责任,此次事故与单位无关

    C.田某也只是单位的从业人员,此次事故与田某无关

    D.田某逃匿,当事人可要求法院强制执行

    E.建筑单位将负责人田某开除,可不用赔偿

70.根据《安全生产法》的规定,负有安全生产监督管理职责的部门,依法对生产经营单位执行有关安全生产的法律、法规和国家标准或者行业标准的情况,进行监督检查、行使职权

全真模拟试卷(五)

一、单项选择题(共 60 题,每题 1 分。每题的备选项中,只有 1 个最符合题意)

场景(一) 某项建筑项目进行招标,项目标底价是 900 万元人民币。有甲、乙、丙三家施工单位参加竞标,甲、乙、丙分别根据自己单位定额算得成本是 890 万元、800 万元、770 万元人民币,甲单位为了争取中标,投标时报价 850 万元人民币,乙、丙各自有自己的报价。后来丙通过对招标人行贿的手段,得以中标。

根据场景(一),回答下列问题:

1. 下列说法中,( )不属于关于投标的禁止性规定。

   A. 投标者之间进行内部竞价,内定中标人然后再参加投标

   B. 投标人以高于成本的报价竞标

   C. 投标人以低于成本的报价竞标

   D. 招标者预先内定中标者,在确定中标者时以此决定取舍

2. 根据《反不正当竞争法》规定,经营者( ),以低于成本的价格销售商品。

   A. 中标后再给投标人和招标人额外补偿

   B. 投标人以行贿的手段谋取中标

   C. 不得以低于成本的报价竞标

   D. 不得以排挤竞争对手为目的

3. 乙施工单位投标时的报价不得低于( )万元人民币。

   A. 900   B. 890   C. 800   D. 770

4. 该招标活动中,甲单位以 850 万元人民币的报价竞标,则( )。

   A. 该投标文件应作废标处理

   B. 该报价是降低了工程造价,应当提倡

   C. 该投标行为没有违背诚实信用原则,不应禁止

   D. 该投标行为符合低价中标原则,不应禁止

5. 丙单位的行为应承担的法律责任不包括( )。

   A. 致使中标无效

   B. 处以罚款

   C. 向招标人要回给予的行贿财物,中标有效

   D. 没收违法所得

场景(二) 甲房地产开发公司与乙建筑工程公司签订工程承包合同,由乙建筑工程公司承建甲房地产开发公司开发的一栋高级公寓工程。合同约定了具体的工程进度要求,甲房地产开发公司按照工程进度支付工程款。在履行合同过程中,由于施工技术落后,乙建筑工程公司没有在合同约定的期限内完成相应的第一期工程,甲房地产开发公司因此拒绝向乙建筑工程公司全额支付约定的工程款。

6. 甲房地产开发公司行为的法律依据是行使（　　）。

　　A. 同时履行抗辩权　　B. 不安抗辩权　　　　C. 先履行抗辩权　　　　D. 后履行抗辩权

7. 如果乙建筑工程公司有施工质量不合格的部分，甲房地产公司有权拒付该部分的工程款，这是甲公司行使的（　　）。

　　A. 同时履行抗辩权　　　　　　　　　　B. 先履行抗辩权

　　C. 中止履行合同义务　　　　　　　　　D. 不安抗辩权

8. 应当后履行合同的一方抽逃资金，以逃避债务，先履行合同的一方可行使（　　）。

　　A. 同时履行抗辩权　　B. 撤销权　　　　　C. 后履行抗辩权　　　　D. 不安抗辩权

9. 当事人互负债务，一方在对方履行之前有权拒绝其履行要求，这是合同履行中的（　　）。

　　A. 代位权　　　　　　B. 同时履行抗辩权　　C. 撤销权　　　　　　　D. 不安抗辩权

10. 同时履行抗辩权和后履行抗辩权的适用条件中完全一致的条件是（　　）。

　　A. 应当先履行合同一方经营状况严重恶化

　　B. 应当履行的对价给付是可能履行的义务

　　C. 由同一双务合同产生互负的对价给付债务

　　D. 合同约定了履行顺序

场景（三）　甲公司向乙公司订购5台设备，双方签订了设备采购合同。合同履行过程中，由于乙公司的库存只有3台此设备，剩余的2台设备乙公司让丙公司交付给甲公司，但丙公司一直未向甲公司交付设备。

根据场景（三），回答下列问题：

11. 上述合同中应由（　　）承担违约责任。

　　A. 乙向丙　　　　　　B. 乙向甲　　　　　　C. 丙向甲　　　　　　　D. 丙向乙

12. 乙公司转让其债务时，所应具备的必要条件是（　　）。

　　A. 告知甲公司　　　　　　　　　　　　B. 书面通知甲公司

　　C. 须经甲公司同意　　　　　　　　　　D. 要向甲公司提供担保

13. 合同转让的实质是（　　）。

　　A. 合同权利义务的转让或转移　　　　　B. 合同内容的改变

　　C. 合同标的改变　　　　　　　　　　　D. 合同违约责任的改变

14. 合同权利转让是指在（　　）享有合同权利的当事人将其权利转让给第三人享有。

　　A. 不改变合同的权利义务的基础上　　　B. 改变了合同的权利义务基础上

　　C. 债权人、债务人达成一致的基础上　　D. 让与的债权具有可转让性

15. 关于合同履行中的债权转让和债务转移的说法不正确的是（　　）。

　　A. 合同当事人之间的债权和债务关系并不因此改变

　　B. 合同当事人之间的债权和债务关系因此改变

　　C. 债权转让和债务转移可以分为债务人向第三人履行债务和由第三人向债权人履行债务

　　D. 是合同当事人双方基于合同内的约定

场景（四）　某开发公司是某住宅小区建设项目的建设单位，2006年3月5日，经过公开招

标,开发公司与中标人建筑公司甲签订了施工承包合同。2006年5月8日,建筑公司甲将所承揽的工程施工任务全部转包给了建筑公司乙。2008年3月6日,该项目完成了施工任务,经权威部门鉴定,属于劣质工程,开发公司打算通过诉讼的途径要求对方赔偿。

根据场景(四),回答下列问题:

16. 下列关于开发公司起诉对象说法正确的是(   )。
    A. 只能起诉甲建筑公司
    B. 只能起诉乙建筑公司
    C. 不能单独起诉甲建筑公司
    D. 可以共同起诉甲、乙建筑公司

17. 根据《民事诉讼法》规定,开发公司可以委托(   )人作为诉讼代理人。
    A. 1~2
    B. 1~3
    C. 2~3
    D. 2~4

18. 在工程建设领域,最常见的是(   )。
    A. 法定诉讼代表人
    B. 法定诉讼代理人
    C. 委托诉讼代理人
    D. 当事人

19. (   )是指在诉讼过程中,为了保证人民法院的判决能够执行,人民法院根据当事人的申请,或在必要时依职权裁定对有关财产采取保全措施的制度。
    A. 财产保全
    B. 诉讼财产保全
    C. 证据保全
    D. 证据保全的范围

20. (   )是指人民法院在作出终审判决以前,为解决权利人生活或生产经营的急需,根据当事人申请,依法裁定义务人预先履行义务的诉讼法律制度。
    A. 诉前财产保全
    B. 财产保全
    C. 先予执行
    D. 当事人

场景(五) 甲建筑工程公司与乙公司签订了300t水泥的买卖合同,交货时,由于乙公司所雇装卸工人的失误总共交货310t。

根据场景(五),回答下列问题:

21. 当事人之间通过订立合同设立的以债权债务为内容的民事法律关系,称为(   )。
    A. 合同之债
    B. 不当得利之债
    C. 无因管理之债
    D. 侵权行为之债

22. 在民事活动中,一方实施侵权行为时,根据法律规定,受害人有权要求侵害人承担赔偿损失责任,而侵害人则有负责赔偿的义务,因此,侵权行为会引起侵害人和受害人之间的(   )。
    A. 侵害人与受害人之间的关系
    B. 当事人之间通过订立合同设立的以债权债务为内容的民事法律关系
    C. 债权债务关系
    D. 权利与义务的关系

23. 根据相关法律规定,上述乙公司10t水泥的损失应由(   )承担。
    A. 甲公司
    B. 乙公司
    C. 装卸工人
    D. 甲公司和乙公司共同

24. 根据相关法律规定,上述乙公司所产生的10t水泥的债权的发生根据是(   )。
    A. 合同之债
    B. 侵权行为之债
    C. 不当得利之债
    D. 无因管理之债

25. 在某建设项目施工中形成的下列债权中,不属于合同之债的是(   )。
    A. 施工单位与材料供应商订立合同
    B. 施工现场的砖块坠落砸伤现场外的行人

C.施工单位向材料供应商支付材料款

D.材料供应商向施工单位交付材料

场景（六） 甲建设单位与乙施工单位于2008年7月2日签订了施工合同,该工程的开工报告于2008年7月12日获得批准,根据建设单位提供的资料,工程于2008年8月15日正式开工。

根据场景（六）,回答下列问题:

26.根据《建设工程安全生产管理条例》规定,建设单位应当向（　　）提供施工现场及毗邻区域内供水、排水、供电、供气、供热、通信、广播电视等地下管线资料。

A.建筑行业　　　　B.设计单位　　　　C.施工单位　　　　D.建筑主管部门

27.根据《建设工程安全生产管理条例》规定,建设单位（　　）对勘察、设计、施工、工程监理等单位提出不符合建设工程安全生产法律、法规和强制性标准规定的要求。

A.根据情况　　　　B.不得　　　　C.可以　　　　D.根据合同约定

28.建设单位最迟应当于（　　）前,将保证安全施工的措施报送建设工程所在地的县级以上人民政府建设行政主管部门或者其他有关部门备案。

A.2008年7月12日　　　　　　　　B.2008年7月27日

C.2008年8月15日　　　　　　　　D.2008年8月12日

29.在建设工程安全生产管理基本制度中,（　　）是建筑生产中最基本的安全管理制度,是所有安全规章制度的核心。

A.群防群治制度　　　　　　　　　B.安全责任追究制度

C.安全生产教育培训制度　　　　　D.安全生产责任制度

30.对企业的安全负主要安全责任的是（　　）。

A.建筑施工单位　　　　　　　　　B.建筑施工人员

C.建筑施工企业的法人代表　　　　D.建筑施工单位的主管人员

场景（七） 甲监理公司接受乙建设单位委托承担一项工程项目的监理任务,王某是甲监理公司承担此任务的总监理工程师,监理过程中,王某发现工程设计不符合合同约定的质量要求,王某直接找设计单位,设计单位按照合同要求改正,王某看图已符合要求,并未将此事报告给建设单位。

根据场景（七）,回答下列问题:

31.甲监理公司与乙建设单位之间是一种（　　）关系。

A.代理　　　　B.委托代理　　　　C.相互责任　　　　D.监督被监督

32.相对于建设工程委托监理合同,承包单位是（　　）。

A.代理人　　　　B.第三人　　　　C.责任人　　　　D.履行义务的权利人

33.设计文件不仅是施工的依据,也是（　　）的依据。

A.竣工决算　　　　B.进度计划　　　　C.招标　　　　D.监理

34.如果甲监理公司的王某与设计单位串通,为设计单位谋取非法利益,给乙单位造成损失的,甲监理公司应当（　　）。

A.承担赔偿责任　　　　　　　　　B.构成犯罪的还要承担刑事责任

C.承担罚款降低资质等级等行政责任　　D.与承包单位承担连带赔偿责任

35. 上述场景中,王某的做法欠妥,在发现工程设计不符合合同约定的质量要求时,应当( )。

    A. 要求设计单位改正并报告给建设单位   B. 直接要求施工单位改正

    C. 报告建设单位要求设计单位改正   D. 建议建设单位修改合同

36. 根据《中华人民共和国建筑法》的规定,( )可以规定实行强制监理的建筑工程的范围。

    A. 县级以上人民政府   B. 省级以上人民政府

    C. 市级人民政府   D. 国务院

37. 根据《中华人民共和国建筑法》的规定,实行监理的建筑工程,是由( )委托具有相应资质条件的工程监理单位监理。

    A. 建设单位   B. 施工单位   C. 建设主管部门   D. 地方以上人民政府

场景(八) 某房屋建筑工程于2008年3月15日通过竣工验收,建设单位于2008年3月30日办理了竣工验收备案手续。

根据场景(八),回答下列问题:

38. 建设工程实行质量保修制度是( )确立的一项基本法律制度。

    A.《建设工程质量管理条例》   B.《建设工程勘察设计管理条例》

    C.《建设工程施工合同(示范文本)》   D.《中华人民共和国建筑法》

39. 根据《建设工程质量管理条例》规定,( )在向建设单位提交工程竣工验收报告时,应当向建设单位出具质量保修书。

    A. 建设工程承包单位   B. 建设工程分包单位

    C. 建设工程施工单位   D. 建设监理单位

40. 根据《建设工程质量管理条例》的规定,该工程电气管线的最低保修期限截止日期是( )。

    A. 2010年3月15日   B. 2010年3月30日

    C. 2013年3月15日   D. 2013年3月30日

41. 根据《建设工程质量管理条例》规定,该工程外墙防渗漏的最低保修期限截止日期是( )。

    A. 2010年3月15日   B. 2010年3月30日

    C. 2013年3月15日   D. 2013年3月30日

42. 根据国家有关规定及行业惯例,工程质量缺陷是由于设计单位、勘察单位或者建设单位、监理单位的原因造成的( )保修,其有权对此发生的保修费用向建设单位索赔。

    A. 施工单位负责   B. 承包单位负责

    C. 总承包单位   D. 设计、勘察、建设单位负责

场景(九) 某工程项目于2008年3月1日开始试运行,建设单位应当向审批该建设项目环境影响报告书、报告表或者登记表的环境保护行政主管部门申请该建设项目需要配套建设的环境保护设施竣工验收。

根据场景(九),回答下列问题:

43. 建设单位申请该工程项目配套建设的环境保护设施竣工验收的最后时限为( )。

A. 2008 年 4 月 1 日   B. 2008 年 6 月 1 日

C. 2008 年 9 月 1 日   D. 2008 年 12 月 1 日

44. 所谓环境保护"三同时"制度,是指建设项目需要配套建设的环境保护措施,必须与主体工程(　　)。

     A. 同时设计,同时施工,同时投产使用   B. 同时立项,同时审批,同时验收

     C. 同时开工,同时施工,同时投产使用   D. 同时发包,同时施工,同时竣工

45. 按照环境保护"三同时"制度的规定,落实防治污染和生态破坏的措施及经费概算的工作应当在(　　)完成。

     A. 项目施工阶段   B. 项目审批过程   C. 项目招标阶段   D. 初步设计阶段

46. 建设项目试生产阶段,(　　)应当对环境保护设施运行情况和建设项目对环境的影响进行监测。

     A. 施工单位   B. 建设单位   C. 设计单位   D. 监理单位

47. 根据《建设项目环境保护管理条例》规定,建设项目竣工后,建设单位应向审批环境影响评价文件的环境保护行政主管部门申请该建设项目需要配套建设的环境保护设施竣工验收,应当与(　　)。

     A. 主体工程设计同时进行   B. 主体工程施工同时进行

     C. 主体工程投产使用同时进行   D. 主体工程竣工验收同时进行

场景(十) 某市水利工程项目进行招标,招标人在其行政主管部门领导田某的干预下,选择了甲建筑工程公司并与之签订了施工承包合同。在施工过程中,甲建筑单位未按施工图样中的材料数量进行施工。

根据场景(十),回答下列问题:

48. 上述招标的做法违反了《合同法》中的(　　)原则。

     A. 平等   B. 自愿   C. 公开   D. 诚实信用

49. 甲建筑单位在施工中的行为违反了《合同法》中的(　　)原则。

     A. 平等   B. 自愿   C. 公开   D. 诚实信用

50. 合同调整的是平等主体之间的(　　)。

     A. 职责关系   B. 管理与被管理关系   C. 平等法律关系   D. 行政法律关系

51. 如果甲建筑工程公司招标人没有签订局面施工承包合同,只是口头约定,但是已完成全部施工任务,则该合同(　　)。

     A. 可变更   B. 无效   C. 效力待定   D. 成立

52. 建设工程施工合同属于(　　)。

     A. 单务合同   B. 双务合同   C. 建设工程合同   D. 委托合同

场景(十一) 甲矿井开采公司承接到一大型矿井的开采施工,由乙设计单位组织对矿区的勘察并制作出开采工程设计图。甲公司即刻便组织相关人员开始施工。

根据场景(十一),回答下列问题:

53. 根据《安全生产法》规定,从业人员在(　　)的生产经营单位应当设置安全生产管理机构或者配备专职安全生产管理人员。

     A. 300 人以下   B. 300 人以上   C. 500 人以下   D. 500 人以上

54. 建设项目安全设施的设计人、设计单位应当对( )。
　　A. 安全生产负责　　B. 安全施工负责　　C. 安全设施设计负责　　D. 建设项目负责

55. 甲公司应当对从业人员进行安全生产教育和培训,保证从业人员具备必要的安全生产知识,未经( )。
　　A. 安全生产教育和培训合格的从业人员,不得上岗作业
　　B. 安全生产单位的批准,不得上岗作业
　　C. 专业资质的检测、检验机构检测,不得上岗
　　D. 安全生产知识和管理能力考核,不可上岗作业

56. 根据《安全生产法》的规定,对矿产的开采、生产,甲公司应当( )。
　　A. 设置安全生产管理机构并且配备专职安全生产管理人员
　　B. 设置安全生产管理机构或者配备专职安全生产管理人员
　　C. 设置有关安全措施
　　D. 有应急预案

57. 在下列表述中,不属于《安全生产法》关于安全生产规程要求的是( )。
　　A. 安全生产中从业人员发现事故隐患或者其他不安全因素时,应当立即向现场安全管理人员或者本单位负责人报告
　　B. 生产经营单位不得使用国家明令淘汰、禁止使用的危及生产安全的工艺、设备
　　C. 生产经营单位应当按照国家有关规定将本单位重大危险源及有关安全措施、应急措施报有关地方人民政府负责安全生产监督管理的部门和有关部门备案
　　D. 生产经营单位进行爆破、吊装等危险作业,应当安排专门人员进行现场安全管理,确保操作规程的遵守和安全措施的落实

场景(十二) 甲建筑施工企业在 2008 年 8 月 18 日仍在持 2005 年 5 月 10 日取得的安全生产许可证进行施工。

根据场景(十二),回答下列问题:

58. 根据《安全生产许可证条例》规定,( )不属于建筑施工企业取得安全生产许可证应当具备的安全生产条件。
　　A. 有职业危害防治措施,并为作业人员配备符合国家标准或者行业标准的安全防护用具和安全防护服装
　　B. 有对危险性较大的分部分项工程及施工现场易发生重大事故的部位、环节的预防监控措施和应急预案
　　C. 有生产安全事故应急救援预案、应急救援组织或者应急救援人员,配备必要的应急救援器材、设备
　　D. 安全生产许可证颁发管理机关应当加强对取得安全生产许可证的企业的监督检查

59. 依照《安全生产许可证条例》规定,甲建筑施工企业在从事建筑施工活动前,应向( )建设主管部门申请领取安全生产许可证。
　　A. 市级以上　　　　B. 县级以上　　　　C. 省级以上　　　　D. 国务院

60. 根据《建筑施工作业安全生产许可证管理规定》,甲建筑施工企业应承担的法律责任是( )。
　　A. 可继续施工,责令限期补办延期手续

B. 可继续施工,但处 50 万元罚款并限期补办延期手续

C. 停止施工,限期补办延期手续,没收违法所得,并处 5 万元以上 10 万元以下罚款

D. 停业整顿,限期补办延期手续,并处 10 万元以上 50 万元以下罚款

二、多项选择题(共 20 题,每题 2 分。每题的备选项中,有 2 个或 2 个以上符合题意,至少有 1 个错项。错选,本题不得分;少选,所选的每个选项得 0.5 分)

场景(十三) 甲通过签订合同授权乙代理其进行证券投资,后乙将代理权转交与丙,由丙接替乙为甲进行投资,在乙还未将此事相告于甲之前,乙出车祸死亡。而丙并不知道乙还未将此事告知甲,仍继续代理甲投资,而给甲造成了一定的损失。

根据场景(十三),回答下列问题:

61. 代理涉及的当事人,分别是(　　　)。

    A. 代理的事项　　　　　　　　　　　B. 代理人的代理范围

    C. 被代理人　　　　　　　　　　　　D. 代理人

    E. 代理关系所涉及的第三人

62. 根据《民法通则》规定,代理包括(　　　)。

    A. 强制代理　　　　B. 自愿代理　　　　C. 委托代理　　　　　　D. 法定代理

    E. 指定代理

63. 民事法律行为的委托代理,可以用书面形式,也可以用口头形式。法律规定用书面形式的,应当用书面形式。书面委托代理的授权委托书应载明的事项有(　　　)。

    A. 代理人的姓名或名称　　　　　　　B. 被代理人简介

    C. 代理事项、权限和期间　　　　　　D. 代理酬劳

    E. 委托人签名或盖章

64. 下列选项中,委托代理终止的情形有(　　　)。

    A. 被代理人取消委托或代理人辞去委托　B. 被代理人取得或恢复民事行为能力

    C. 被代理人死亡　　　　　　　　　　D. 代理人丧失民事行为能力

    E. 作为被代理人或代理人的法人终止

65. 法定代理或指定代理终止的情形有(　　　)。

    A. 代理期间届满或代理事务完成　　　B. 被代理人取消委托或者代理人辞去委托

    C. 被代理人或代理人死亡　　　　　　D. 代理人丧失民事行为能力

    E. 由其他原因引起的被代理人和代理人之间的监护关系消灭

场景(十四) 甲公司是一家建筑施工公司,目前正在 A 市市区内施工,其施工项目既有楼房也有道路。为了避免原材料供应不足,甲公司进行了备料,运进施工现场的建筑材料包括石料、钢筋、水泥、石灰、粉煤灰、砂子等,堆成了一座座小山。一辆辆运输车也穿梭其中。施工人员每天将清洗设备的废水回灌补给地下水。

根据场景(十四),回答下列问题:

66. 粉煤灰属于粉尘物质,风一吹,就会出现粉尘四处弥漫的情形,对此,下列说法中不正确的是(　　　)。

    A. 市区施工不允许使用此类容易产生环境污染的物质

    B. 不得在运输过程中沿途丢弃、遗撒

C. 运输、装卸、存储过程中必须要采取密封措施或其他防护措施

D. 只要交纳罚款,施工单位可以不采取防护措施

E. 粉尘弥漫,施工单位要受到道德的谴责,但是,对环境造成影响并不违法

67. 露天堆放(　　)和其他固体废物,应设置专用场所并须符合环境保护标准。

A. 原矿石　　　　　　　B. 冶炼渣　　　　　　　C. 化工渣　　　　　　　D. 燃煤灰渣

E. 尾矿

68. 由于施工现场处于人口密集区,则下面说法中不正确的是(　　)。

A. 禁止向大气排放含有毒物质的废气

B. 禁止夜间进行产生环境噪声污染的建筑施工作业

C. 禁止向大气排放粉尘

D. 焚烧产生恶臭气体的物质并不违法

E. 禁止焚烧沥青

69. 依据《固体废物污染环境防治法》,与工程建设有关的具体规定包括(　　)等。

A. 对危险废物的容器和包装物以及收集、贮存、运输、处置危险废物的设施、场所,必须设置危险废物识别标志

B. 以填埋方式处置危险废物不符合国务院环境保护行政主管部门的规定的,应当缴纳危险废物排污费

C. 从事收集、贮存、处置危险废物经营活动的单位,必须向县级以上人民政府环境保护行政主管部门申请领取经营许可证,具体管理办法由国务院规定

D. 施工单位应当及时清运、处置建筑施工过程中产生的危险废物,并采取措施,防止污染环境

E. 禁止混合收集、贮存、运输、处置性质不相容而未经安全性处置的危险废物

70. 防止地下水污染的具体规定包括(　　)。

A. 在无良好隔渗地层,禁止企业事业单位使用无防止渗漏措施的沟渠、坑塘等输送或者贮存有毒污染物的废水、含病原体的污水和其他废弃物

B. 在开采多层地下水的时候,如果各含水层的水质差异大,应当分层开采,对已受污染的潜水和承压水,不得混合开采

C. 兴建地下工程设施或者进行地下勘探、采矿等活动,应当采取防护性措施,防止地下水污染

D. 禁止企业事业单位利用渗井、渗坑、裂隙和溶洞排放、倾倒含有毒污染物的废水、含病原体的污水和其他废弃物

E. 禁止将含有汞、镉、砷、铬、铅、氰化物、黄磷等的可溶性剧毒、废渣向水体排放倾倒或者直接埋入地下

场景(十五)　2008年8月3日,甲建筑公司与乙采砂场签订了一个购买砂子的合同,合同中的约定砂子的细度模数为2.4。但是在交货的时候,经试验确认所运来的砂子的细度模数是2.2。于是甲建筑公司要求采砂场承担违约责任。2008年8月4日,经过协商,达成了一致意见,甲建筑公司同意接收这批砂子,但只需支付98%的价款就可以了。2008年8月20日,甲建筑公司反悔,要求按照原合同履行并要求乙采砂场承担违约责任。

根据场景(十五),回答下列问题:

71. 下列关于甲公司与乙采砂场达成和解的表述中,正确的有(　　)。

A. 双方达成的和解协议不具有强制约束力

B. 双方达成的和解协议具有强制约束力

C. 双方达成的和解协议不能成为人民法院强制执行的直接根据

D. 双方达成的和解协议能成为人民法院强制执行的直接根据

E. 双方达成的和解协议作为债权人的甲公司可随时撤销

72. 下列表述中,正确的有(　　　)。

A. 作为原合同的补充,和解协议没有法律效力

B. 作为原合同的补充,和解协议的效力高于原合同

C. 甲建筑公司提出按照原合同履行的要求不应予以支持

D. 如果甲公司不按协议执行,则乙采砂场可以申请强制执行

E. 如果甲公司不按协议执行,则乙采砂场可以追究其违约责任

73. 民事诉讼的基本特征是(　　　)。

A. 合理性　　　　　B. 公权性　　　　　C. 强制性　　　　　D. 程序性

E. 独立性

74. 下列关于民事纠纷的处理方式的说法中,错误的是(　　　)。

A. 和解达成的协议不具有强制执行的效力

B. 诉讼中达成和解的,应由原告申请撤诉

C. 申请仲裁后达成和解的,当事人应当撤回仲裁申请

D. 当事人对仲裁裁决不服的,可以要求仲裁机构的上一级部门重新仲裁

E. 所有民事纠纷既可以用和解的方式解决,也可以用诉讼方式解决

75. 法院调解的特征是(　　　)。

A. 发生在诉讼过程中

B. 在法院主持下进行

C. 调解书送达双方当事人并经签收后产生法律效力

D. 若一方不执行,另一方有权请求法院强制执行

E. 当事人的行为无诉讼上的意义

场景(十六)　甲施工单位为使施工作业方便,将雇佣来的部分农民工安排在一间没有竣工的楼房里作集体宿舍。杨某夜间起来方便,掉进一个没有设置明显标志且未采取安全措施的基坑中,造成腿部受伤,花去医疗费3000元。杨某多次找该项目的建设单位、施工单位索赔,双方都互相推诿。

根据场景(十六),回答下列问题:

76. 根据《建设工程安全生产管理条例》规定,施工单位应当在(　　　)等危险部位设置明显的安全警示标志。

A. 脚手架　　　　　B. 基坑边沿　　　　　C. 楼梯口　　　　　D. 工人食堂

E. 施工现场入口处

77. 甲施工单位在基坑旁未设置警示标志,应承担的法律责任包括(　　　)。

A. 责令限期改正　　　　　　　　B. 逾期未改正,责令停业整顿

C. 予以取缔　　　　　　　　　　D. 降低资质等级

E. 吊销资质证书

78. 甲施工单位将员工宿舍设置在未竣工的楼房内,应承担的法律责任包括(　　　)。

A. 责令限期改正

B. 逾期未改正的,责令停业整顿,并处 5 万以上 10 万元以下罚款

C. 处以一定的罚款

D. 降低资质等级

E. 吊销资质证书

79. 根据《建设工程施工现场管理规定》规定,施工现场的用电线路、用电设施的安装和使用必须符合安装规范和安全操作规程,并按照施工组织设计进行架设,严禁任意拉线接电。施工现场( )。

A. 必须设有保证施工安全要求的夜间照明

B. 必须有保证施工安全的主管人员管理

C. 必须设有危险潮湿场所的照明以及手持照明灯具

D. 必须采用符合安全要求的电压

E. 必须要对用电作业人员进行专业培训和考核,合格方可上岗

80. 施工单位的下列行为中,违反了《建设工程安全生产管理条例》的是( )。

A. 施工前,施工单位的负责项目管理的技术人员应当对有关安全施工的技术要求向施工作业班组、作业人员作出详细说明,并由双方签字确认

B. 施工前,施工单位负责项目管理的技术人员没有向作业人员对有关安全施工的技术要求作技术交底

C. 施工现场入口没有设置安全警示标志

D. 施工单位在尚未竣工的房屋内设置员工宿舍

E. 项目经理部应保存安全技术交底记录

参考答案

一、单项选择题

1. B	2. D	3. C	4. A	5. C
6. D	7. A	8. B	9. C	10. B
11. B	12. C	13. A	14. A	15. B
16. D	17. A	18. C	19. B	20. C
21. A	22. C	23. A	24. C	25. B
26. C	27. B	28. B	29. D	30. C
31. B	32. B	33. D	34. D	35. C
36. D	37. A	38. D	39. A	40. A
41. C	42. A	43. B	44. A	45. D
46. B	47. D	48. B	49. D	50. C
51. D	52. B	53. B	54. C	55. A
56. B	57. A	58. D	59. C	60. C

二、多项选择题

61. CDE	62. CDE	63. ACE	64. ADE	65. CDE
66. ADE	67. BCDE	68. ACD	69. ABCE	70. ABCD
71. AC	72. BCE	73. BCD	74. CD	75. ABCD
76. ABCE	77. AB	78. AB	79. ACD	80. BCD

全真模拟试卷（六）

一、单项选择题（共 60 题，每题 1 分。每题的备选项中，只有 1 个最符合题意）

场景（一） 甲建设单位委托具有相应资质的乙招标代理机构公开招标建一幢住宅楼,2006 年 3 月 10 日发出招标文件规定从 2006 年 4 月 15 日开始接收投标文件,截止日期为 2006 年 5 月 15 日,到 2006 年 5 月 10 日已经收到 A、B、C、D、E 五家施工企业的投标文件,到 15 日截止共收到 6 家施工企业的投标文件。甲建设单位组建了一个 7 人的评标委员会负责评标,B 企业的标书上只有单位盖章,无法人的签字盖章。开标过程中主持人发现 E 企业投标文件大写金额为肆仟万元整,而小写金额为 4100 万元。

根据场景（一）,回答下列问题：

1. 此次招标的开标时间为(　　)。

A.2006 年 4 月 30 日　B.2006 年 5 月 10 日　C.2006 年 5 月 15 日　D.2006 年 5 月 16 日

2. 根据《招标投标法》规定,开标地点应当为(　　)的地点。

　A.招标文件中预先确定　　　　　　　　B.投标文件中预先确定

　C.评标委员会确定　　　　　　　　　　D.招标投标双方在开标时确定

3. 根据我国《招标投标法》规定,此次评标应由(　　)依法组建的评标委员会负责。

　A.地方政府相关行政主管部门　　　　　B.甲建设单位

　C.乙招标代理机构　　　　　　　　　　D.行政监督部门

4. 这个评标委员会中,技术、经济等方面的专家不得少于(　　)人。

　A.3　　　　　　　　B.4　　　　　　　　C.5　　　　　　　　D.6

5. 评标委员会成员名单应当(　　)。

　A.在确定后向投标人公布　　　　　　　B.在开标前向投标人公布

　C.在开标前向社会公布　　　　　　　　D.在中标结果确定前保密

6. 对 B 企业所交投标书的处理,下列表述中正确的是(　　)。

　A.将标书交还 B 企业,补上法人或代理人的章即可

　B.只要有单位盖章就行,B 企业的标书照常参加竞标

　C.只有单位盖章无法人盖章,作为废标处理

　D.通知 B 企业,重做一份标书再上交

7. 此次招标的开标应由(　　)主持。

　A.甲建设单位　　　　　　　　　　　　B.乙招标代理机构

　C.招标委员会成员　　　　　　　　　　D.聘请专业人员

8. 对于 E 企业投标文件中的金额,主持人正确的处理方式为(　　)。

　A.认定为 4000 万元　　　　　　　　　　B.认定为 4100 万元

　C.征求投标人意见　　　　　　　　　　D.让投标人重新报价

场景（二） 甲施工企业与乙供应商于 2008 年 4 月 1 日签订了水泥供应合同,约定 2008 年

5月1日前交货。乙供应商随即与丙水泥厂签订了一份水泥买卖合同,要求丙水泥厂于2008年4月20日交货。后来由于原材料紧张,丙水泥厂于2008年5月8日才将水泥交付给乙供应商。乙供应商收到货物后立即办理托运手续发货。2008年5月11日,货物在运输途中因不可抗力灭失。

根据场景(二),回答下列问题:

9.关于上述事件的违约责任,下列表述中正确的是( )。

   A.由于发生不可抗力,乙供应商对甲施工企业不承担违约责任

   B.甲施工企业只能要求乙供应商承担违约责任

   C.甲施工企业可以要求乙供应商和丙水泥厂连带承担违约责任

   D.由于是丙水泥厂迟延交货造成的,乙供应商对甲施工企业不承担违约责任

10.( )的免除,是指合同生效后,当事人之间因不可抗力事件的发生,造成合同不能履行时,依法可以免除责任。

   A.违法责任　　　　　B.违约责任　　　　　C.违纪责任　　　　　D.赔偿责任

11.不可抗力的构成要件不包括( )。

   A.不能预见　　　　　B.不能避免　　　　　C.不能克服　　　　　D.不能免责

12.不可抗力事件发生后,遭遇不可抗力的当事人一方首要义务应是( )。

   A.及时通知对方　　　　　　　　　B.向双方提出索赔

   C.搜集免责的物证　　　　　　　　D.采取措施、减少损失

13.当事人因对方违约采取适当的措施防止损失的扩大而支出的合理费用,由( )承担。

   A.违约方　　　　　　　　　　　　B.非违约方

   C.依据责任的大小双方分别　　　　D.双方各一半

场景(三) 2008年5月7日,人民法院一审判决某建筑公司因施工质量问题赔偿建筑单位25万元人民币,支付截止日期为2008年6月20日。建筑公司不服判决,于2008年5月12日上诉,结果二审法院维持了原判。

根据场景(三),回答下列问题:

14.如果建筑公司届时没有支付款项,则建设单位最迟在( )之前申请人民法院强制执行。

   A.2008年11月12日　　　　　　　　B.2008年12月20日

   C.2009年5月12日　　　　　　　　　D.2009年6月20日

15.法院审理此案的顺序正确的是( )。

   A.准备开庭——法庭调查——法庭辩论——合议庭评议——宣判

   B.准备开庭——法庭辩论——法庭调查——合议庭评议——宣判

   C.准备开庭——法庭调查——合议庭评议——法庭辩论——宣判

   D.法庭调查——准备开庭——法庭辩论——合议庭评议——宣判

16.若二审法院作出发回重审的裁定,则下列说法中不正确的是( )。

   A.重审法院不应是原一审法院　　　B.重审法院作出的裁定是可以上诉的

   C.重审法院作出的判决是可以上诉的　D.重审法院应该按照一审程序审理此案

17.建筑单位对一审判决不服,其上诉期限为( )天。

   A.7　　　　　　　　B.10　　　　　　　　C.15　　　　　　　　D.30

18. 如果建筑单位申请再审,应当在判决发生法律效力之日起( )内提出。

    A.3 个月   B.6 个月   C.1 年   D.2 年

19. 下列主体中不能提起审判监督程序的是( )。

    A. 诉讼当事人   B. 人民法院   C. 人民检察院   D. 仲裁委员会

场景(四) 2006 年 12 月 16 日张某受聘到一家建筑公司工作并与公司签了为期三年的劳动合同。2008 年 6 月 5 日,张某以收入偏低为由,口头提出解除劳动合同,公司未予答复。2008 年 7 月 8 日,王某就被一家房地产公司招用,又与该房地产公司签订了劳动合同。张某走后,建筑公司生产受到影响,要求张某回公司上班。同时,与张某所在的房地产公司联系,希望让张某回公司上班,但房地产公司以已签订劳动合同为由,不予放人。于是建筑公司向当地劳动争议仲裁委员会申请仲裁。

根据场景(四),回答下列问题:

20. 下列关于张某与建筑公司之间的劳动合同的表述中,正确的是( )。

    A. 劳动合同解除,因为张某提前 30 天通知了建筑公司

    B. 劳动合同解除,因为劳动收入偏低,劳动者可以随时解除劳动合同

    C. 劳动合同未解除,因为建筑公司未同意

    D. 劳动合同未解除,因为任何一方提出解除劳动合同,都应当提前 30 日以书面形式通知对方

21. 下列关于房地产公司与张某的行为的描述中,正确的是( )。

    A. 房地产公司招用已与建筑公司解除劳动合同的张某,并给建筑公司造成了经济损失,房地产公司应当赔偿

    B. 房地产公司招用已与建筑公司解除劳动合同的张某,虽给建筑公司造成了经济损失,但房地产公司不用承担任何责任

    C. 房地产公司招用未与建筑公司解除劳动合同的张某,并给建筑公司造成了经济损失,房地产公司应当承担连带赔偿责任

    D. 房地产公司招用未与建筑公司解除劳动合同的张某,但对于建筑公司经济损失,房地产公司不承担赔偿责任

22. 劳动争议仲裁委员会主任由( )担任。

    A. 工会负责人   B. 劳动行政主管部门的负责人

    C. 用人单位负责人   D. 争议双方协商

23. 关于劳动争议的特点,下列表述不正确的是( )。

    A. 劳动争议仲裁机构是带有司法性质的行政执行机关

    B. 劳动争议仲裁机构不隶属于任何机构

    C. 劳动争议仲裁是法定管辖

    D. 劳动争议仲裁实行一次裁决制度

24. 下列关于劳动仲裁原则表述正确的是( )。

    A. 一裁终局原则,也称一次裁决原则,即指一个裁级一次裁决,一次裁决即为终局裁决

    B. 自愿仲裁原则,申请劳动仲裁需要双方签订劳动仲裁协议,自愿交由仲裁机构裁决

    C. 合议原则,指仲裁庭裁决劳动争议案件,实行少数服从多数的原则,不能形成多数意见的,按照首席仲裁员的意见裁决

D. 或裁或审原则,即对于劳动争议案件,提请仲裁的,人民法院无权受理;人民法院已受理的,劳动仲裁机构无权仲裁

场景(五) 甲建设单位欲新建一商务楼,该工程共10层。由乙设计单位设计,施工图经审图中心审查通过。经公开招标,由丙施工单位承建,丁监理公司负责工程的监理。在施工过程中未发生安全事故,工程顺利竣工。

根据场景(五),回答下列问题:

25. 根据《招标投标法》从规范投标人竞争行为的角度规定的是(　　)。
   A. 招标人不得以低于成本的报价招标
   B. 发包单位不得迫使承包方以低于成本价格竞标
   C. 投标人不得以低于成本的报价竞标
   D. 建设单位不得迫使承包方以低于成本价格竞标

26. 根据《建设工程质量管理条例》规定,建设单位应当将施工图设计文件报(　　)建设行政主管部门或者其他有关部门审查,施工图设计文件未经审查批准的,不得使用。
   A. 国务院
   B. 省级以上人民政府
   C. 市级以上人民政府
   D. 县级以上人民政府

27. 关于施工图设计文件,下面说法正确的是(　　)。
   A. 施工图设计文件与施工组织设计文件必须经过监理工程师审查方可使用
   B. 施工图设计文件与施工组织设计文件都是施工单位编制
   C. 施工图设计文件与施工组织设计文件都是设计单位编制
   D. 施工图设计文件必须经过建设行政主管部门审查通过后,建设单位才可以交给施工单位使用

28. 根据《建设工程质量管理条例》规定,(　　)应当建立质量责任制,确定工程项目的项目经理、技术负责人和施工管理负责人。
   A. 建设单位
   B. 设计单位
   C. 施工单位
   D. 监理单位

29. 下列关于建设单位的质量责任和义务的描述,错误的是(　　)。
   A. 建设单位不得将工程肢解发包
   B. 建设单位不得迫使承包方以低于成本价格竞标
   C. 建设单位应当按照国家有关规定移交建设项目档案
   D. 对涉及结构安全的试块现场取样并送质量检测单位进行检测

场景(六) 某工程已具备竣工条件,2008年3月2日施工单位向建设单位提交竣工验收报告,2008年3月7日经验收不合格,施工单位返修后于2008年3月20日再次验收合格,2008年3月31日,建设单位将有关资料报送建设行政主管部门备案。

根据场景(六),回答下列问题:

30. 工程质量保修书也是一种合同,是承发包双方就保修范围、保修期限和保修责任等设立(　　)的协议。
   A. 保证质量
   B. 权利义务
   C. 保修承诺
   D. 保修期限

31. 该工程质量保修期自(　　)开始。
   A. 2008年3月2日
   B. 2008年3月7日

C.2008 年 3 月 20 日   D.2008 年 3 月 31 日

32. 根据《建设工程质量管理条例》规定,该工程给水排水管道的最低保修期限截止日期是(   )。

    A.2010 年 3 月 2 日   B.2010 年 3 月 20 日

    C.2010 年 3 月 31 日   D.2012 年 3 月 20 日

33. 最低保修期限属于(   )。

    A.法律强制性规定   B.法律基本规定

    C.合同强制性规定   D.合同约定性规定

34. 一份完善的质量保修书,除了条例规定的保修范围、保修期限和保修责任等基本内容外还应当包括(   )的有关约定。

    A.保修金   B.保修责任   C.保修权利   D.保修义务

场景(七) 甲建筑公司是一家施工总承包企业,2007 年 1 月,承揽了某住宅小区的施工任务。在施工过程中,并没有按照审查合格的设计文件和建筑节能标准进行施工。2008 年 7 月,却轻松通过了建设单位的验收。后来经群众举报,在有关部门的检查下被曝光。

根据场景(七),回答下列问题:

35. 对于此次事件,不应当承担法律责任的是(   )。

    A.建设单位   B.施工总承包单位   C.设计单位   D.监理单位

36. 根据《建筑工程质量管理条例》有关规定,该工程项目应(   )。

    A.重新设计   B.重新验收   C.降低标准使用   D.不再验收

37. 施工图设计文件审查机构在进行审查时发现节能设计的内容不符合(   )的,施工图设计文件审查结论应当定为不合格。

    A.建筑节能标准   B.建筑节能国际标准

    C.建筑节能强制性标准   D.建筑节能推荐性标准

38. (   )应当依据建筑节能标准的要求进行设计,保证建筑节能设计质量。

    A.建设单位   B.施工单位   C.监理单位   D.设计单位

39. 施工图设计文件审查机构在进行审查时,应当审查(   )。

    A.隔热技术与材料的内容   B.密闭技术的内容

    C.节能设计的内容   D.空调制冷的内容

场景(八) 2008 年 3 月 13 日在对某施工现场进行检查时发现,尚未完工的大楼内有 8 名建筑工人居住。施工单位解释由于现场场地狭窄,且工期紧,暂时无法解决这些建筑工人的居住问题。经有关行政部门核实,施工单位的说法属实。同时在此建筑物不远处堆放有施工用的易燃易爆物品。

根据场景(八),回答下列问题:

40. 根据《消防法》的规定,对独立包装的易燃易爆危险物品应当贴附(   )标签。

    A.警示   B.易燃易爆品   C.爆炸品   D.危险品

41. 对于工人住宿问题的解决方式,符合《消防法》的是(   )。

    A.这些建筑工人可以居住,但不得使用明火

    B.这些建筑工人不能居住,必须立即搬出

C.经建设行政主管部门同意,这些建筑工人可以居住,但要采取必要的消防安全措施

D.经公安消防机构批准后,这些建筑工人可以居住,但要采取必要的消防安全措施

42.根据《消防法》的有关规定,生产、储存、运输、销售或者使用、销毁易燃易爆危险物品的单位、个人,必须( )。

    A.经有关部门批准   B.执行国家有关消防安全的规定

    C.禁止携带电器产品进入场所   D.截断通信线路

43.根据《消防法》规定,需要进行消防设计的建筑工程,( )应当将建筑工程的消防设计图样及有关资料报送公安消防机构审核。

    A.建设单位   B.施工单位   C.设计单位   D.监理单位

44.工程建设中,建设单位和施工单位的下列行为,符合《消防法》规定的是( )。

    A.施工单位将部分工人安排在仓库里临时居住

    B.工程竣工后,建设单位报公安消防机构备案即投入使用

    C.消防设计变更,建设单位报送原审核的公安消防机构核准

    D.在施工前设计单位将工程消防设计图样报送公安消防机构审核后施工

场景(九) 甲企业录用了大学刚毕业的女生孙某。孙某为了锻炼自己,主动要求到最苦、最累、最脏的岗位上工作。甲企业同时还录用了刚满16周岁的赵某。

根据场景(九),回答下列问题:

45.甲企业可以满足孙某的要求,但不得安排的工作是( )。

    A.高处、高温工作   B.低温、冷水作业   C.夜班劳动   D.矿山井下作业

46.下列关于甲企业录用赵某的描述中,正确的是( )。

    A.赵某属于未成年人,签订的劳动合同属无效劳动合同

    B.因为赵某从事临时工作,所以可以不签劳动合同

    C.不得安排赵某从事有毒、有害的劳动

    D.可以安排赵某从事有毒、有害的劳动,但必须保证安全

47.根据《劳动法》规定,符合对女职工特殊保护规定的是( )。

    A.不得安排女职工从事有毒有害作业

    B.不得安排女职工从事低温、冷水作业

    C.不得安排怀孕女职工延长工作时间和夜班劳动

    D.不得安排女职工在怀孕期从事第三级体力劳动强度的劳动

48.根据我国《劳动法》规定,用人单位应当对( )定期进行健康检查。

    A.职工   B.成年工   C.女职工   D.未成年工

49.根据劳动保护的有关规定,下列选项中,属于用人单位义务的是( )。

    A.只雇佣成年人

    B.不得雇佣未成年人

    C.对未成年工定期进行健康检查

    D.不得安排未成年人延长工作时间和夜班劳动

50.未成年工是指( )的劳动者。

    A.年满14周岁未满16周岁   B.年满15周岁未满17周岁

    C.年满16周岁未满18周岁   D.年满17周岁未满19周岁

场景（十） 某建筑公司的技术员黄某与公司发生劳动合同纠纷,并向当地劳动仲裁委员会提请仲裁。该劳动仲裁委员会收到申请书9日后决定受理,5个月后作出裁决,并于当日将裁决书送交双方当事人后结案。

根据场景（十）,回答下列问题：

51.黄某对劳动仲裁制度有如下理解,其中错误的是（　　）。

 A.劳动仲裁一裁终局原则,当事人如果不服,另一方可申请人民法院强制执行

 B.劳动仲裁一次裁决后,当事人不服裁决,只能依法向法院起诉

 C.对于发生法律效力的仲裁文书,可以申请人民法院强制执行

 D.仲裁庭作出裁决时,实行少数服从多数的原则,不同意见必须如实笔录

52.劳动仲裁委员会应当自收到申诉书之日起（　　）日内作出受理或不受理的决定。

 A.5　　　　　　　B.7　　　　　　　C.10　　　　　　　D.15

53.如果建筑公司对仲裁裁决不服的,自收到裁决书之日起（　　）日内,可以向人民法院起诉。

 A.7　　　　　　　B.10　　　　　　　C.15　　　　　　　D.30

54.下列关于仲裁调解书、裁决书效力的叙述中,正确的是（　　）。

 A.仲裁庭的调解书自送达之日起具有法律效力

 B.因为实行一裁终局原则,所以劳动仲裁裁决书一经作出即刻生效

 C.当事人对仲裁裁决不服的,自收到裁决书之日起30日内,可以向人民法院起诉

 D.裁决书作出后,一方当事人逾期不履行,另一方当事人可以申请劳动仲裁机构强制执行

55.下列关于劳动争议仲裁委员会的设置和职能的选项中,表述不正确的是（　　）。

 A.县、市、市辖区应当设立劳动争议仲裁委员会

 B.劳动争议仲裁委员会是依法成立的,通过仲裁方式处理劳动争议的专门机构

 C.仲裁委员会组成人员必须是单数,主任由劳动行政主管部门的负责人担任

 D.仲裁庭只能由一名首席仲裁员和两名仲裁员组成

场景（十一） 某电力大厦系A市政府投资建设的重大项目,项目档案验收组对此工程档案进行了验收,并签署了验收意见。根据工程施工计划,预计在2008年9月1日组织竣工验收。

根据场景（十一）,回答下列问题：

56.对该项目的档案验收应在（　　）进行。

 A.2008年6月1日前　　　　　　　　　B.2008年6月1日后

 C.2008年12月1日前　　　　　　　　D.2008年12月1日后

57.根据《建设工程文件归档整理规范》规定,（　　）应将工程文件的形成和积累纳入工程建设管理的各个环节和有关人员的职责范围。

 A.主管部门　　　　B.建设单位　　　　C.承包单位　　　　D.建筑单位

58.项目档案验收组人数不得少于（　　）,组长由验收单位人员担任。

 A.3人以上的单数　　B.4人以上的双数　　C.5人以上的单数　　D.6人以上的双数

59.下列选项中,（　　）不属于项目档案验收申请报告的主要内容。

 A.完成了项目建设全过程文件材料、组卷、编目等整理工作

 B.保证项目档案的完整、准确、系统所采取的控制措施

 C.项目文件材料的形成、收集、整理与归档情况竣工图的编制情况及质量状况

D. 档案在项目建设、管理、试运行中的作用

60. 项目档案验收意见的内容不包括( )。

A. 项目建设概况
B. 项目档案管理情况
C. 档案在项目建设中的作用
D. 存在问题、整改要求与建议

二、多项选择题(共20题,每题2分。每题的备选项中,有2个或2个以上符合题意,至少有1个错项。错选,本题不得分;少选,所选的每个选项得0.5分)

场景(十二) 某建筑公司招聘,甲应聘电焊工、乙应聘气焊工、丙应聘消防材料保管员、丁应聘仓库管理员、戊应聘自动消防系统的操作人员。公司未经消防验收擅自使用工程。

根据场景(十二),回答下列问题:

61. 根据《消防法》的规定,按照国家工程建筑消防技术标准需要进行消防设计的建筑工程,( ),建设单位不得施工。

A. 设计单位未按照国家工程建筑消防技术标准进行设计
B. 建设单位未将建筑工程的消防设计图样及有关资料报送公安消防机构审核
C. 未经审核或者经审核不合格的,建设行政主管部门不得发给施工许可证
D. 未经审核或者经审核不合格的,建设行政主管部门不得发给工程验收合格证书
E. 未经公安消防机构审核的建筑工程消防设计需要变更的,未报经原审核的公安消防机构核准

62. 根据《消防法》规定,应作持证上岗要求的人员有( )。

A. 甲
B. 乙
C. 丙
D. 丁
E. 戊

63. 根据《消防法》对工程建设中应当采取的消防安全措施的规定,下列选项中( )属于机关、团体、企业事业单位应当履行的消防安全职责。

A. 制定消防安全制度
B. 制定消防安全操作规程
C. 实行防火安全责任制
D. 不在存有火灾、爆炸危险的场所使用明火
E. 对独立包装的易燃易爆危险物品应当贴附危险品标签

64. 根据《消防法》的规定,任何单位、个人不得损坏或者擅自挪用、拆除、停用消防设施、器材,( )。

A. 不得埋压、圈点消火栓
B. 不得占用防火距离
C. 不得堵塞消防通道
D. 不得随便使用电
E. 不得随便使用防火器材

65. 下列行为中,没有违反《消防法》规定的有( )。

A. 在施工现场使用明火
B. 企业没有确定本单位的消防安全负责人
C. 禁止携带火种进入生产、储存化工原料的仓库
D. 在储存易燃物品的仓库内外墙上没有悬挂禁止吸烟标志
E. 因工具缺乏,临时使用灭火锹从事施工生产

场景(十三) 2007年3月19日,甲房地产开发公司与乙建筑工程公司签订工程承包合同,由乙建筑工程公司承建甲房地产开发公司开发的住宅小区项目。合同规定,工程项目应在2008

年4月25日之前竣工,自竣工验收之日起10日内,甲房地产开发公司向乙建筑工程公司支付工程款1.2亿元人民币。经甲房地产开发公司同意乙建筑工程公司与丙建筑施工公司签订劳务合同约定劳务费3000万元人民币。在工程竣工验收后,甲房地产开发公司一直不向乙建筑工程公司支付工程款,而乙建筑工程公司也一直拖欠丙建筑施工公司的劳务费。

根据场景(十三),回答下列问题:

66.下列表述中,不正确的是( )。
  A.丙建筑施工公司有权行使代位权直接向甲房地产开发公司要求3000万元的债权
  B.丙建筑施工公司无权直接向甲房地产开发公司要求3000万元的债权
  C.丙建筑施工公司有权行使代位权直接向甲房地产开发公司要求1.2亿元的债权
  D.丙建筑施工公司有权行使撤销权直接向甲房地产开发公司要求3000万元的债权
  E.丙建筑施工公司只能向乙建筑工程公司要求3000万元的债权

67.根据《合同法》规定,债权人的代位权的效力表现在( )等方面。
  A.债权人行使代位权的所有费用有权要求债务人予以返还
  B.请求人民法院撤销合同
  C.债权人怠于行使其债权时,债权人有权解除合同
  D.债权人行使代位权的必要费用有权要求债务人予以返还
  E.原债务人拒绝受领时,则债权人有权代原债务人受领

68.下列( )情况,债权人可以行使撤销权。
  A.债务人以明显不合理的低价转让财产,给债权人造成损害,并且受让人知情的
  B.债务人以明显不合理的低价转让财产,给债权人造成损害的
  C.债务人怠于行使其到期债权,给债权人造成损害的
  D.债务人放弃其到期债权,给债权人造成损害的
  E.债务人无偿转让财产,给债权人造成损害的

69.根据《合同法》的规定,代位权的成立应具备法定的要件有( )。
  A.债权人怠于收回权利   B.债务人怠于行使其到期债权
  C.债权人有保全债权的必要   D.由债权人致使债务人部分履行
  E.债务人急于行使其到期债权的行为对债权人造成损害

70.以下关于代位权行使的说法中正确的有( )。
  A.债权人以自己的名义代位行使债务人的债权
  B.债务人怠于行使其到期债权的行为对债权人造成损害
  C.债权人可直接行使,而不必通过法院
  D.债务人只能以债务人的名义代位行使债务人的债权
  E.只要是债务人的债权均可代位行使

场景(十四) 甲将被单位外派出国两年,临行前将自己的一套房屋钥匙交与邻居乙,让乙帮其照看房屋。甲走后不久,乙以房主身份将甲的房屋出租给丙,与丙签订房屋租赁合同,合同期一年半。甲的单位因有其他安排提前一年将甲从国外调回,甲回到家看到自己的房屋有人住,丙还拿出当初与乙签的合同给甲看,甲看后便明白是怎么回事。

根据场景(十四),回答下列问题:

71.物权是指权利人依法对特定的物享有直接支配和排他的权利,包括( )。

A. 所有权   B. 财产权   C. 使用权   D. 用益物权·
E. 担保物权

72. 用益物权主要包括( )等。
A. 土地承包经营权   B. 建设用地使用权   C. 宅基地使用权   D. 财产权
E. 地役权

73. 建设用地使用权人依法对国家所有的土地享有( )的权利。
A. 占有   B. 转让   C. 出售   D. 使用
E. 收益

74. 担保物权包括( )。
A. 抵押权   B. 转让权   C. 居住权   D. 质权
E. 留置权

75. 物权的保护应当采取的方式有( )。
A. 无权占有不动产或者动产的,权利人可以请求返还原物,不能返还原物或者返还原物
后仍有损失的,可以请求损害赔偿
B. 妨碍行使物权的,权利人可以请求排除妨害
C. 侵害物权,造成权利人损害的,权利人可以请求损害赔偿
D. 有可能危及行使物权的,权利人可以请求消除危险
E. 债权人依照法律规定的程序就该财产优先受偿的权利

场景(十五) 远大建筑公司是甲市的施工企业,2008 年 5 月,由于所修建的工程发生了重
大质量事故,被市建设厅罚款 100 万元,并要求对出事工程进行修复至达标为止。远大建筑公司
对此处罚不服。

根据场景(十五),回答下列问题:

76. 远大建筑公司可以采取的维权途径有( )。
A. 只能申请行政复议   B. 只能进行行政诉讼
C. 可以选择行政复议   D. 可以选择行政诉讼
E. 只能提起民事诉讼

77. 根据《行政复议法》的有关规定,行政复议应遵守( )等程序规则。
A. 行政复议申请   B. 行政复议许可   C. 行政复议受理   D. 行政复议决定
E. 行政复议终结

78. 远大建筑公司申请行政复议后,据《行政复议法》规定,行政复议期间具体行政行为不停
止执行,但是有下列( )情形之一的,可以停止执行。
A. 申请人认为需要停止执行的
B. 被申请人认为需要停止执行的
C. 行政复议机关认为需要停止执行的
D. 法律规定停止执行的
E. 申请人申请停止执行,行政复议机关认为其要求合理,决定停止执行的

79. 根据《行政复议法》的规定,远大建筑公司对甲市建设厅的行政行为不服,可以向( )
申请行政复议。
A. 甲市建设厅领导   B. 省级主管部门   C. 甲市人民政府   D. 省人民政府

E.国务院行政主管部门

80.远大建筑公司选择行政诉讼,法院作出判决后,若市建设厅拒绝履行判决,则第一审法院可以采取的措施有( )。

A.对应当归还的罚款,通知银行冻结行政机关的账户

B.对应当给付的赔偿金,通知银行从该行政机关的账户内划拨

C.向该行政机关的上一级行政机关提出司法建议

D.在规定期限内不执行的,从期满之日起按日处以罚款

E.拒不执行判决、裁定构成犯罪的,依法追究相关人员的刑事责任

参考答案

一、单项选择题

1. C	2. A	3. B	4. C	5. D
6. C	7. A	8. A	9. B	10. B
11. D	12. A	13. A	14. B	15. A
16. A	17. C	18. D	19. D	20. D
21. C	22. B	23. B	24. A	25. C
26. D	27. D	28. C	29. D	30. B
31. C	32. B	33. A	34. A	35. C
36. B	37. C	38. D	39. C	40. D
41. B	42. B	43. A	44. C	45. D
46. C	47. D	48. D	49. C	50. C
51. A	52. B	53. C	54. A	55. D
56. A	57. B	58. C	59. A	60. C

二、多项选择题

61. ABCE	62. ABE	63. ABC	64. ABC	65. AC
66. BCDE	67. CE	68. ADE	69. BCE	70. AB
71. ADE	72. ABCE	73. ADE	74. ADE	75. ABCD
76. CD	77. ACD	78. ACDE	79. BC	80. BCDE

全真模拟试卷(七)

一、单项选择题(共60题,每题1分。每题的备选项中,只有1个最符合题意)

场景(一) 甲建设单位与乙施工单位于2008年5月10日签订一份施工合同,2008年5月20日,乙施工单位发现甲建设单位隐瞒了施工现场周边真实地质条件,如果按合同施工,将增加近30%的施工费用,遂与甲建设单位协商但遭到拒绝。

根据场景(一),回答下列问题:

1.根据《合同法》规定,乙公司若要行使其撤销权,必须在( )之前申请。
 A.2008年11月10日   B.2008年11月20日
 C.2009年5月10日   D.2009年5月20日

2.在合同履行过程中,当债权人发现债务人的行为将会危害自身的债权实现时,可以行使法定的( ),以保障合同中约定的合法权益。
 A.撤销权   B.转让权   C.所有权   D.抗辩权

3.根据《合同法》规定,因债务人放弃其到期债权或者无偿转让财产,对债权人造成损害的,债权人有权行使的权利是( )。
 A.转让权   B.撤销权   C.所有权   D.代位权

4.下列关于行使撤销权要求的表述中,不准确的是( )。
 A.债权人行使撤销权的必要费用,由债务人负担
 B.撤销权的行使范围以债权人的债权为限
 C.债务人以明显不合理的低价转让财产,给债权人造成损害的
 D.债务人放弃其到期债权,给债权人造成损害的

5.在债务链中,如果原债务人的债务人向债务人履行债务,原债务人拒绝受领时,则债权人( )。
 A.无权代理受领,有权向债务人履行债务
 B.无权代理受领,需法院仲裁解决
 C.有权代原债务人受领,并且归自己所有
 D.有权代原债务人受领,但不能直接独占该财产

场景(二) 某项目施工中,甲施工单位项目经理受高额回扣的诱惑,从乙供应商处购进了一批本施工项目并不适用的酸性石料,请求用一部分酸性石料代替碱性石料。监理单位派驻现场的总监理工程师虽然知道不能使用酸性石料,但碍于双方关系,同意了施工单位的请求。后来,工程出现了严重质量问题而造成建设单位的损失。

根据场景(二),回答下列问题:

6.上述建设单位的损失应当由( )连带承担。
 A.监理单位与施工单位   B.监理单位与项目经理
 C.施工单位与总监理工程师   D.项目经理与总监理工程师

7. 委托代理是( )。

    A. 根据法律的直接规定而产生的代理

    B. 根据人民法院或者有关机关的指定而产生的代理

    C. 法律后果直接由被代理人承受的民事法律制度

    D. 代理人根据被代理人授权而进行的代理

8. 根据《民法通则》规定,代理人知道被委托代理的事项违法仍然进行代理活动的,或者被代理人知道代理人的代理行为违法不表示反对的,由( )。

    A. 被代理人承担责任   B. 代理人承担责任

    C. 被代理人和代理人负连带责任   D. 被代理人和第三人负连带责任

9. 根据《民法通则》规定,委托代理人为被代理人的利益需要转托他人代理的,应当( )。

    A. 事先取得被代理人的同意   B. 事先取得代理人的同意

    C. 事先取得上级主管部门的同意   D. 事先取得第三人的同意

10. 没有代理权、超越代理权或者代理权终止后的行为,只有经过被代理人的追认,被代理人才承担民事责任。未经追认的行为,由( )承担民事责任。

    A. 代理人   B. 行为人

    C. 被代理人   D. 行为人和被代理人连带

11. 根据《民法通则》规定:代理人不履行职责而给被代理人造成损害的,应当承担民事责任,代理人和第三人串通,损害被代理人的利益的,由( )。

    A. 代理人承担民事责任   B. 第三人承担民事责任

    C. 代理人和被代理人负连带责任   D. 代理人和第三人负连带责任

    场景(三)   李某于 2002 年 8 月 16 日取得建造师资格证书。2003 年 2 月 27 日,国务院发布了《国务院关于取消第二批行政审批项目和改变一批行政审批项目管理方式的决定》。2003 年 4 月 23 日,原建设部发布了《关于建筑企业项目经理资质管理制度向建造师执业资格制度过渡有关问题的通知》。

    根据场景(三),回答下列问题:

12. 根据上述《决定》中规定,取消建筑施工企业项目经理资质标准,由( )代替,并设立过渡期。

    A. 建造师   B. 注册建造师

    C. 接受继续教育的建造师   D. 使用注册建造师名称的

13. 上述《通知》中确定了建筑企业项目经理资质管理制度向建造师执业资格制度过渡的时间为( )年。

    A. 2   B. 3   C. 4   D. 5

14. 如果李某一直未取得建造师注册证书,( )之后,王某将不能再担任大型、中型工程项目施工的项目经理。

    A. 2007 年 8 月 16 日   B. 2008 年 2 月 27 日

    C. 2008 年 4 月 23 日   D. 2006 年 4 月 23 日

15. 《注册建造师执业工程规模标准》以不同专业为标准分为( )个专业的工程规模。

    A. 10   B. 11   C. 14   D. 16

16. 专业工程规模标准分为数目不等的工程类别,工程类别进一步分为不同的项目,这些项目依据相应的、不同的(　　)分为大型、中型、小型项目。

A.计量单位　　　　B.项目规模　　　　C.活动范围　　　　D.工程难度

场景(四)　2008年3月12日,甲建筑工程公司向乙钢铁公司发出一封传真,内容如下:本公司希望向你公司购买二级螺纹钢20t,每吨4800元,2008年3月20日之前在甲公司所在城市的火车站交货,货到付款,请于3日内答复。丙钢铁公司获悉甲公司的要求后,在2008年3月14日上午向甲公司发出传真称:我公司完全同意你公司发给乙公司的传真的内容,请做好收货付款准备。2008年3月14日下午,乙公司回复:同意你方要求,但请预付3万元定金。

根据场景(四),回答下列问题:

17.下列关于甲公司和乙公司之间的表述中,正确的是(　　)。

A.甲公司和乙公司通过要约和承诺订立合同,合同已经成立

B.甲公司的传真不构成要约,所以合同并未成立

C.乙公司的回复不构成承诺,所以合同并未成立

D.甲公司的传真不构成要约,乙公司的回复也不构成承诺,所以合同并未成立

18.下列关于甲公司和丙公司之间的表述中,正确的是(　　)。

A.甲公司和丙公司通过要约和承诺,合同已经成立

B.甲公司的传真不构成要约,所以合同并未成立

C.丙公司的传真不构成承诺,所以合同并未成立

D.甲公司的传真不构成要约,丙公司的传真也不构成承诺,所以合同并未成立

19.对于乙公司对甲公司要约的答复文件可视为(　　)。

A.新要约　　　　B.拒绝　　　　C.部分承诺　　　　D.承诺

20.根据我国《合同法》规定,要约的生效时间为(　　)。

A.要约人发出要约时　　　　　　　　B.要约到达受要约人时

C.要约人通知受要约人时　　　　　　D.受要约人作出承诺时

21.建设工程合同的订立必须经过(　　)和承诺。

A.要约　　　　B.公告　　　　C.招标投标　　　　D.要约邀请

场景(五)　某施工企业派出采购员张某去参加工业品展览会,并授权其采购一批外墙面砖。在展会期间,张某出示购买墙面砖的授权委托书及确定样品后,与甲建筑材料公司签订了一份外墙面砖供应合同。因洽谈顺利,张某发现该公司生产的卫生洁具质量上乘,且价格优惠,而现场正准备组织洁具供货,遂以公司名义又签订了50套卫生洁具供应合同。合同成立后,张某便随同甲建材公司送货车回到项目现场。

根据场景(五),回答下列问题:

22.张某与甲建筑材料公司签订的外墙面砖供应合同属于(　　)合同。

A.无效　　　　B.有效　　　　C.效力待定　　　　D.可撤销

23.下列关于卫生洁具合同的表述中,正确的是(　　)。

A.因张某是以公司名义与甲公司签订的,所以合同有效

B.因张某签订洁具合同是无权代理,所以合同无效

C.此合同为效力待定合同,如果张某所在的施工企业追认,则合同具有效力

D.因张某有购买墙面砖的授权书,所以无论施工企业追认与否,此合同都具有效力

24. 下列选项中,(   )不属于无权代理产生的法律后果。

    A. 无权代理人的催告权   B. 被代理人的追认权

    C. 被代理人的撤回权   D. 善意相对人的撤销权

25. 根据《合同法》规定:(   )没有代理权,超越代理权或者代理权终止后以被代理人名义订立的合同,未经被代理人追认,对被代理人不发生效力,由行为人承担责任。

    A. 善意相对人   B. 代理人   C. 相对人   D. 行为人

26. 如果(   )有理由相信无权代理人具有代理权,且据此而与无权代理人订立合同,根据《合同法》规定,该代理行为有效。

    A. 相对人   B. 行为人   C. 代理人   D. 善意相对人

27. 根据《合同法》规定,法人或者其他组织的法定代表人、负责人超越权限订立的合同除相对人知道或者应当知道其超越权限的以外,该(   )。

    A. 代表行为有效   B. 代表行为无效   C. 合同无效   D. 合同有效

场景(六)　张某于 2005 年 11 月 20 日参加了建造师执业资格统一考试,并于 2006 年 2 月 10 日取得了资格证书,并在规定的时间内向省建设厅申请注册,被批准后,省建设厅向他颁发了注册证书和执业印章,并报有关部门备案。

根据场景(六),回答下列问题:

28. 据有关规定,张某必须在(   )之前申请注册。

    A. 2008 年 11 月 20 日   B. 2009 年 2 月 10 日

    C. 2010 年 11 月 20 日   D. 2011 年 2 月 10 日

29. 张某申请初始注册需提交的材料不包括(   )。

    A. 注册建造师初始注册申请表

    B. 资格证书、学历证书和身份证明复印件

    C. 申请人与聘用单位签订的聘用劳动合同复印件或其他有效证明文件

    D. 申请人注册有效期内达到继续教育要求的证明材料

30. 如果张某于 2008 年 5 月 25 日取得建造师注册执业证书,注册有效期满后若需继续执业,最迟应当在(   )之前申请延续注册。

    A. 2010 年 5 月 25 日   B. 2010 年 4 月 25 日

    C. 2011 年 5 月 25 日   D. 2011 年 4 月 25 日

31. 如果张某于 2007 年 11 月 10 日取得建造师注册执业证书,应在(   )之前报有关部门备案。

    A. 2007 年 12 月 10 日   B. 2008 年 1 月 10 日

    C. 2007 年 11 月 25 日   D. 2007 年 12 月 25 日

32. 张某在取得建造师注册执业证书后,应在规定的时间内向(   )备案。

    A. 国务院建设主管部门   B. 上一级建设主管部门

    C. 县级以上建设主管部门   D. 省级建设主管部门

33. 张某的申请被批准后,于 2007 年 10 月 20 日取得注册证书和执业印章,1 年后其注册证书和执业印章失效,张某可能发生的情形是(   )。

    A. 申请在两个单位注册   B. 未达到注册建造师继续教育要求

    C. 聘用单位被吊销营业执照   D. 依法被吊销注册证书

34. 张某于 2007 年 10 月 20 日取得注册证书和执业印章,2009 年 5 月 30 日注册证书和执业印章被收回,张某可能发生的情形是( )。

    A. 已与聘用单位解除聘用合同关系   B. 依法被撤销注册

    C. 张某年龄超过 65 周岁   D. 聘用单位破产

场景(七)   某施工现场的负责人没有将作业现场存在安全隐患因素对作业人员进行说明的情况下,就要求刚刚签订劳动合同的操作人员进入现场作业。某天,在施工现场,李某在操作起重机时遇到旁边的建筑物崩塌,李某迅速离开现场,结果造成起重机毁坏;此次崩塌使一地下工程出现重大安全隐患,安全生产管理机构下达了停产整改的通知,但是,在该安全隐患尚未排除时,项目经理却要求工人张某继续施工。

根据场景(七),回答下列问题:

35. 下列选项中,( )不是《安全生产法》规定的安全生产从业人员享有的权利。

    A. 知情权   B. 建议权   C. 申诉权   D. 紧急避险权

36. 施工现场的负责人让操作人员进入现场作业侵犯了从业人员的( )。

    A. 批评权和控告权   B. 拒绝权   C. 知情权   D. 紧急避险权

37. 对于起重机的毁坏,李某( )。

    A. 不需要赔偿建设公司的损失   B. 应当赔偿建设公司的全部损失

    C. 应当赔偿建设公司的部分损失   D. 是否需要赔偿损失要由建筑公司决定

38. 对于项目经理的要求,张某可以行使( )。

    A. 知情权   B. 拒绝权   C. 紧急避险权   D. 要求赔偿权

39. 下列行为中( )没有违反《安全生产法》的有关规定。

    A. 某作业人员发现了安全事故隐患没有及时向现场安全生产管理人员报告,结果事故发生

    B. 某项目经理强行要求一名女工高空作业

    C. 王某没有按照本单位的规定在施工现场戴安全帽

    D. 李某发现施工墙壁倒塌,在没有采取其他措施的情况下迅速逃离现场

场景(八)   某列入城建档案馆接收范围的工程项目,项目档案验收组在检查该建设工程档案资料时,发现施工图及说明不符合档案规范要求,遂提出了整改意见,要求在项目竣工验收前对存在的问题进行整改,整改后,复查通过。建设单位于 2008 年 1 月 1 日接到施工单位提交的竣工验收报告,2 月 1 日竣工验收顺利通过。

根据场景(八),回答下列问题:

40. 项目档案验收组要求( )在项目竣工验收前对存在的问题进行整改。

    A. 项目建设单位(法人)   B. 项目设计单位

    C. 项目施工单位   D. 项目监理单位

41. 城建档案管理部在进行工程档案的验收时,不属于重点验收的内容是( )。

    A. 工程监理单位应根据城建管理机构要求建档后,对档案的整理、准确、质量进行审查

    B. 工程档案已整理立卷,立卷符合本规范的规定

    C. 文件的形成、来源符合实际,要求单位或个人签章的文件,其签章手续完备

    D. 文件材质、幅面、书面、绘图、用墨、托裱等符合要求

42. 根据《建设工程质量管理条例》规定,建设单位应当严格按照国家有关档案管理的规定,及时收集、整理建设项目各环节的文件资料,建立、健全建设项目档案,并在(   ),及时向建设行政主管部门或者其他有关部门移交建设项目档案。

    A. 建设工程施工开始前   B. 建设工程竣工前

    C. 建设工程竣工验收前   D. 建设工程竣工验收后

43. 建设单位最晚应于(   )前向城建档案馆移交该工程项目的档案文件。

    A. 2008 年 3 月 1 日   B. 2008 年 4 月 1 日

    C. 2008 年 5 月 1 日   D. 2008 年 8 月 1 日

44. 建设工程竣工验收后,建设单位未按规定移交建设工程档案的,依据《建设工程质量管理条例》的规定,建设单位除应被责令改正外,还应当受到(   )。

    A. 刑事处罚   B. 罚款的行政处罚

    C. 吊销营业执照处罚   D. 停工停业的处罚

场景(九) 2008 年 6 月 8 日,某建筑公司的项目经理向水泥厂发出一个要约,想要购买水泥厂的水泥 100t。要约中要求水泥厂在 2008 年 6 月 12 日之前作出答复,但是,水泥厂考虑到水泥可能会涨价而拖延到 2008 年 6 月 20 日才回复同意卖给建筑公司项目经理水泥。

根据场景(九),回答下列问题:

45. 下列说法中,不正确的是(   )。

    A. 该项目经理收到该回复后合同生效

    B. 该迟到的承诺是否有效,由该项目经理决定

    C. 如果该项目经理不想买水泥了,可以不用通知水泥厂

    D. 如果该项目经理承认该迟到的承诺的效力,就要及时通知水泥厂

46. 根据《合同法》受要约人超过承诺期限发出的承诺,除(   )以外,为新要约。

    A. 书面通知受要约人该承诺有效的

    B. 完全同意要约内容的

    C. 要约人及时通知受要约人该承诺有效的

    D. 口头或书面通知受要约人该承诺有效的

47. 下列承诺有效的是(   )。

    A. 撤回承诺的通知先于承诺到达要约人

    B. 撤回承诺的通知与承诺同时到达要约人

    C. 承诺因其他原因而延误,但要约人却未及时通知受要约人不接受该承诺

    D. 承诺对要约的内容作出了实质性变更

48. 承诺是一种法律行为。承诺必须是要约的相对人在要约有效期限内以(   )方式作出,并送达要约人。

    A. 明示的   B. 书面的   C. 暗示的   D. 确定的

49. 在下列的选项中,承诺的有效条件不包括(   )。

    A. 承诺必须以书面形式作出

    B. 承诺必须由受要约人向要约人作出

    C. 承诺必须在要约的有效期限内作出

    D. 承诺的内容应当与要约的内容完全一致

场景(十) 某建设单位与甲公司签订施工总包合同,约定由甲公司为其承建某工程。甲公司将其中的某分项工程分包给乙公司,双方仅仅口头约定了合同事项而没有签订书面的分包合同。

根据场景(十),回答下列问题:

50.在上述甲公司所签订的合同中( )。

    A.总包合同成立,分包合同成立   B.总包合同成立,分包合同不成立

    C.总包合同不成立,分包合同成立   D.总包合同不成立,分包合同不成立

51.法律规定应当采用书面形式的合同,当事人未采用书面形式,但已履行了全部或者主要义务的,应视为( )。

    A.可变更合同   B.合同不成立   C.合同无效   D.合同有效

52.附条件生效的合同,合同成立后虽然并未开始履行,但任何一方不得撤销要约和承诺否则应承担( )。

    A.违约金责任   B.定金罚款责任   C.缔约过失责任   D.违约责任

53.当事人的合同权利受法律保护,当事人的合同义务具有( )。

    A.法律上的强制性   B.法律上的保护   C.法律的约束力   D.法律上的合法性

54.根据《关于适用〈中华人民共和国合同法〉若干问题的解释(一)》的规定,当事人超越经营范围订立合同,人民法院( )。

    A.因此认定合同无效   B.不因此认定合同无效

    C.无法干涉合同认定   D.有权干涉签订合同

55.不违反法律或社会公共利益,实际是对( )的限制。

    A.合同内容   B.合同自由   C.合同目的   D.合同当事人

场景(十一) 某建设单位拟建一住宅小区,由甲施工单位承建,包工包料;乙设计院设计,施工图经审图中心审查通过;由具有相应资质等级的丙监理公司负责工程的监理。甲单位试验人员已经对一批进场的钢筋进行了检验。

根据场景(十一),回答下列问题:

56.根据《建设工程质量管理条例》规定,工程监理单位应当( )并在许可的范围内承担工程监理业务。

    A.取得合格证书   B.依法取得相应等级的资质证书

    C.依照法律、法规办事   D.依法取得建造师的合格证书

57.监理单位保持公正的前提条件是( )。

    A.依据法律   B.依据证据   C.工程的监理   D.独立

58.未经( )签字,建设单位不拨付工程款,不进行竣工验收。

    A.总监理工程师   B.监理工程师

    C.建设单位主管人员   D.施工单位负责人

59.未经( )签字,建设材料、建筑构(配)件和设备不得在工程上使用或者安装,施工单位不得进行下一道工序的施工。

    A.监理工程师   B.总监理工程师   C.施工单位   D.建设单位主管人员

60.甲单位的试验人员已经对钢筋进行了检验,则( )。

    A.监理单位就不需要检验了

B. 监理单位要进行平行检验

C. 监理单位是否需要进行检验,要根据合同中对此是否有约定来确定

D. 监理单位是否需要进行检验,要根据建设单位是否有此要求来确定

二、多项选择题(共 20 题,每题 2 分。每题的备选项中,有 2 个或 2 个以上符合题意,至少有 1 个错项。错选,本题不得分;少选,所选的每个选项得 0.5 分)

场景(十二) 建设单位拟兴建一栋 18 层的办公楼,投资总额为 4800 万元人民币,由建设单位自行组织公开招标,建设单位对甲、乙、丙、丁、戊五家施工企业进行了预审,其中丁企业未达到资格预审的最低条件。建设单位于投标截止日期后的第二天开标。评标阶段丙企业向建设单位行贿以谋取中标。评标委员会向建设单位推荐了乙、戊为中标候选人,建设单位均未采纳,而选中丙企业为中标人,向丙发出中标通知书,并要求丙企业压低报价 10% 才与其签订合同。于是两方先按照中标人投标报价签订了 A 合同并备案;接着,双方又根据丙企业同意压价后的价格签订了 B 合同。后来,建设单位与丙企业因工程款结算产生纠纷。

根据场景(十二),回答下列问题:

61. 根据《招标投标法》和《工程建设项目施工招标投标办法》的有关规定,确定中标人应当遵循的程序有(   )。

A. 评标委员会提出书面评标报告后,招标人一般应当在 30 日内确定中标人,但最迟应当在投标有效期结束日 60 个工作日前确定

B. 评标委员会提出书面评标报告后,招标人一般应当在 15 日内确定中标人,但最迟应当在投标有效期结束日 30 个工作日前确定

C. 招标人应当接受评标委员会推荐的中标候选人,不得在评标委员会推荐的中标候选人之外确定中标人

D. 依法必须招标的项目,招标人应当确定排名第一的中标候选人为中标人

E. 招标人可以授权评标委员会直接确定中标人

62. 招标人应当在资格预审文件时载明的内容包括(   )。

A. 资格预审的条件   B. 资格预审的时间

C. 资格预审的标准   D. 资格预审的方法

E. 资格预审的目的

63. 根据《招标投标法》的规定,招标人发出中标通知书应当遵循的规定包括(   )。

A. 中标人确定后,招标人应当向中标人发出中标通知书,并同时将中标结果通知所有未中标的投标人

B. 中标人确定后,投标人应当向中标人发出中标的评定书并同时将其他没中标的投标人的投标书退还

C. 招标人不得向中标人提出压低报价,增加工作量,缩短工期或其他违背中标人意愿的要求,以此作为发出中标通知书和签订合同的条件

D. 中标通知书对招标人和投标人具有法律效力,中标通知书发出后,招标人改变中标结果的或者中标人放弃中标项目的,应当依法承担法律责任

E. 招标人和中标人应当自中标通知书发出之日起,按照招标文件和中标人的投标文件订立书面合同

64. 根据《招标投标法》的规定,下列说法中正确的是(　　)。

   A. 甲、乙、戊三家施工企业具有投标资格

   B. 丁企业可以参加投标

   C. 甲企业应该成为中标人

   D. 丙企业的中标无效

   E. 工程款结算应以 B 合同为依据

65. 下列关于工程款结算的合同依据的描述,不正确的是(　　)。

   A. A 合同不是双方实际履行的合同,应当作为无效合同处理

   B. B 合同是双方真实意思的表示,应当以 B 合同为结算依据

   C. A 合同是经过备案的中标合同,应以 A 合同为结算依据

   D. B 合同背离了中标合同的实质性内容,不能以 B 合同作为结算依据

   E. 两份合同均不能作为结算依据,双方应当申请工程造价鉴定

   场景(十三)　某业主甲起诉某房地产开发公司乙位于 T 市 N 区的商品房质量不合格的纠纷, T 市中级人民法院于 2006 年 10 月 15 日作出生效判决,要求乙在判决生效之日起 10 日内赔偿甲人民币 30000 元,当事人当庭领取了判决书。

   根据场景(十三),回答下列问题:

66. 审判程序是民事诉讼规定的最为重要的内容,它是人民法院审理条件适用的程序,可以分为(　　)。

   A. 一审程序　　　　B. 二审程序　　　　C. 裁决　　　　D. 审判监督

   E. 双方当事人签字

67. 根据《民事诉讼法》及相关司法解释规定,执行措施主要包括(　　)。

   A. 查询、冻结、划拨被执行人的财产

   B. 扣留、提取被执行人的收入

   C. 搜查被执行人隐匿的财产

   D. 强制被执行人和有关单位、公民交付法律文书指定的财产或票证

   E. 需办理有关财产权证照转移手续的,向有关单位发出协助执行通知书

68. 如果乙房地产开发公司对一审不服,欲提起上诉,应满足的条件有(　　)。

   A. 上诉人都是第一审程序中的当事人

   B. 上诉的对象必须是依法可以上诉的判决和裁定

   C. 有具体的上诉事实和理由

   D. 须在法定的上诉期限内提起

   E. 须递交上诉状

69. 如乙公司提起上诉,则第二审人民法院应当对上诉请求的有关事实和适用法律进行审查,但(　　)的,可以不予审查。

   A. 当事人没有提出请求　　　　　　　　B. 一审判决违反法律禁止性规定

   C. 一审判决侵害社会公共利益　　　　　D. 被上诉人要求变更一审判决的内容

   E. 被上诉人要求补充一审判决的内容

70. 如乙公司提起上诉,人民法院对此案进行第二审,下列表述中,正确的有(　　)。

   A. 判决适用法律错误的依法改判

B. 当事人对第二审案件的判决,不可以上诉

C. 一审判决认定事实基本清楚,引用法律并无不当,发回重判

D. 一审判决认定事实不清,证据不足,发回一审人民法院重审

E. 一审判决认定事实清楚,适用法律正确,判决驳回上诉,维持原判决

场景(十四) 甲建筑公司承揽建设一个综合市场,双方签订合同,约定2007年4月1日开工,工程预计工期10个月,合同价款为800万元。由于一直未领到施工许可证,甲公司未能按期开工。

根据场景(十四),回答下列问题:

71. 根据《中华人民共和国建筑法》规定,建筑开工前,建设单位应当按照国家有关规定向工程所在地县级以上人民政府建设行政主管部门申请领取施工许可证。《中华人民共和国建筑法》规定建设单位申请领取施工许可证时,应当具备一系列的前提条件是(   )。

A. 已经办理该建筑工程用地批准手续

B. 在城市规划区的建筑工程已经取得规划许可证

C. 需要拆迁的,其拆迁进度符合施工要求

D. 已经批准办理施工手续

E. 已经确定建筑施工企业

72. 根据《建筑工程施工许可管理办法》的进一步规定,发生(   )等情形所决定的施工企业无效。

A. 按照需要应该招标的工程没有招标

B. 应该公开招标的工程没有公开招标

C. 肢解发包工程

D. 将工程发包给不具备相应资质条件的企业

E. 有满足施工需要的施工图样及技术资料

73. 按照设计深度不同,设计文件可以分为(   )。

A. 方案设计文件   B. 图样设计文件

C. 初步设计文件   D. 施工方案设计文件

E. 施工图设计文件

74. 根据《建设工程勘察设计管理条例》的规定,对方案设计文件、初步设计文件和施工图设计文件的要求分别是(   )。

A. 编制方案设计文件,应当满足编制初步设计文件的条件需要

B. 编制方案设计文件,应当满足编制初步设计文件和控制概算的需要

C. 编制初步设计文件,应当满足编制设计文件、主要材料订货和编制施工文件的需要

D. 编制初步设计文件,应当满足编制招标文件、主要设备材料订货和编制施工图设计文件的需要

E. 编制施工图设计文件,应当满足设备材料采购、非标本设备制作和施工的需要,并注明建设工程合理使用年限

75. 并不是所有的工程在开工前都需要办理施工许可证,在下列选项中的(   )不需要办理。

A. 国务院建设行政主管部门确定的限额以下的小型工程

B. 按照国务院规定的权限和程序批准开工报告的建筑工程

C. 抢险救灾工程

D. 地方政府主管部门确定的小型工程

E. 军用房屋建筑工程

场景(十五) 甲施工单位承建一工程项目施工,为满足业主需要,建设单位要求甲施工单位提前一月竣工,施工单位拒绝建设单位要求,按合同规定日期完成工程。建设单位未组织竣工验收,就交付给业主使用。

根据场景(十五),回答下列问题:

76.《建设工程质量管理条例》的立法目的在于加强对建设工程质量的管理,保证建设工程质量,保证人民生命和财产安全,分别对(　　)质量责任和义务作出了规定。

A. 建筑行业　　　　B. 建设单位　　　　C. 施工单位　　　　D. 工程监理单位

E. 勘察单位、设计单位

77. 下列说法中错误的是(　　)。

A. 甲施工单位有权拒绝建设单位关于提前竣工的要求

B. 建设单位不可以要求施工单位提前竣工,应该委托监理工程师来下达这样的指令

C. 建设单位应和施工单位共同协商,形成合同的变更,是合法有效的

D. 为满足业主需要,建设单位可以要求施工单位提前竣工

E. 为满足业主需要,建设单位可不组织竣工验收,先交付业主使用

78. 根据《建设工程质量管理条例》规定,建设单位收到建设工程竣工报告后,应当组织(　　)等有关单位进行竣工验收。

A. 分包单位　　　　　　　　　　B. 建筑行业主管人员

C. 设计　　　　　　　　　　　　D. 施工

E. 工程监理

79. 根据《建设工程质量管理条例》规定,建设工程竣工验收应当具备的条件有(　　)。

A. 完成建设工程设计和合同约定有关内容

B. 有完整的技术档案和施工管理资料

C. 有工程使用的主要建筑材料,建筑构(配)件和设备的进场试验报告

D. 有勘察、设计、施工、工程监理等单位分别签署的质量合格文件

E. 有施工单位签署的工程保修书

80. 根据《建设工程质量管理条例》,下列表述中(　　)符合建设单位质量责任和义务的规定。

A. 施工图设计文件未经审查批准的,建设单位不得使用

B. 建设单位应按照国家有关规定组织竣工验收,经过验收程序即可交付使用

C. 建设单位不得对承包单位的建设活动进行不合理干预

D. 建设单位在领取施工许可证或者开工之前,应当按照国家有关规定办理工程质量监督手续

E. 建设单位应当依法对工程建设项目的勘察、设计、施工、监理以及与工程建设有关的重要设备材料等的采购进行招标

参考答案

一、单项选择题

1. D	2. A	3. B	4. C	5. D
6. A	7. D	8. C	9. A	10. B
11. D	12. B	13. D	14. B	15. C
16. A	17. C	18. C	19. A	20. B
21. A	22. B	23. C	24. C	25. D
26. D	27. A	28. B	29. D	30. D
31. A	32. A	33. C	34. B	35. C
36. C	37. A	38. B	39. D	40. A
41. A	42. D	43. C	44. B	45. D
46. C	47. C	48. A	49. A	50. A
51. D	52. C	53. A	54. B	55. B
56. B	57. D	58. A	59. A	60. B

二、多项选择题

61. BCDE	62. ACD	63. ACD	64. AD	65. ABE
66. ABD	67. BCDE	68. ABDE	69. ADE	70. ABDE
71. ABCE	72. BCDE	73. ACE	74. BDE	75. ABCE
76. BCDE	77. BCDE	78. CDE	79. BCDE	80. ACDE

全真模拟试卷（八）

一、单项选择题（共 60 题，每题 1 分。每题的备选项中，只有 1 个最符合题意）

场景（一） 建设单位对一项目进行公开招标，招标文件于 2008 年 4 月 6 日开始出售，招标文件上规定，从 2008 年 4 月 20 日开始接收投标文件，截止日期为 2008 年 6 月 18 日，建设单位对甲、乙、丙、丁四家施工单位进行了资格审查，其中丙单位未达到资格审查的最低条件。招标文件发出后，招标人要对招标文件进行修改。

根据场景（一），回答下列问题：

1．（　　）是指招标人以招标公告的方式邀请不特定的法人或者其他组织投标。
　　A．重点项目招标　　　B．有限竞争招标　　　C．无限竞争招标　　　D．邀请招标

2．资格审查是（　　）的一项重要权利。
　　A．投标人　　　　　　B．法人　　　　　　　C．招标人　　　　　　D．评审员

3．（　　）是指在投标前对潜在投标人进行的资格审查。
　　A．资格预审　　　　　B．资格前审　　　　　C．资格审查　　　　　D．资格后审

4．根据《工程建设项目施工招标投标办法》规定，建设单位在（　　）之前不得停售招标文件。
　　A．2008 年 4 月 11 日　　　　　　　　　　B．2008 年 4 月 16 日
　　C．2008 年 4 月 20 日　　　　　　　　　　D．2008 年 4 月 25 日

5．标底由（　　）自行编制或委托中介机构编制。
　　A．评标委员会　　　B．投标人　　　　　　C．中标人　　　　　　D．招标人

6．建设单位对上述已发出的招标文件进行修改，至少应在（　　）之前，以书面形式通知所有招标文件收受人。
　　A．2008 年 5 月 5 日　　　　　　　　　　B．2008 年 5 月 18 日
　　C．2008 年 5 月 20 日　　　　　　　　　　D．2008 年 6 月 4 日

7．在原投标有效期结束前，出现特殊情况的，招标人可以以书面形式通知所有投标人（　　）。
　　A．延长时间　　　　　　　　　　　　　　　B．延长保证金的有效期
　　C．延长中标有效期　　　　　　　　　　　　D．延长投标有效期

场景（二） 乙施工单位在工程施工过程中向丙材料供应商采购材料，并欠丙材料费用 150 万元，工程完工后，甲建设单位欠乙施工单位工程款 300 万元。现丙材料供应方急需 120 万元作为流动资金，否则其企业随时有停产的可能。在其找乙施工单位索要欠款时，乙单位称因甲建设单位欠其 300 万元没还，无法还钱给丙材料供应方。因此，丙材料供应方准备申请代位权向甲方索债。在索债过程中丙材料供应方发生了必要的管理费用 10 万元。

根据场景（二），回答下列问题：

8．丙材料供应方应向（　　）申请代位权。

A. 甲方　　　　　　B. 乙方　　　　　　C. 法院　　　　　　D. 仲裁机构或法院

9. 丙材料供应方获得代位权后,可以向甲方索要(　　)万元。

A. 120　　　　　　B. 130　　　　　　C. 150　　　　　　D. 160

10. 债权人由于债务人不当履行合同行使代位权发生的费用由(　　)承担。

A. 债权人　　　　　B. 债务人　　　　　C. 合同约定　　　　　D. 第三方

11. 根据《合同法》规定,代位权的成立应具备的法定要件,错误的说法是(　　)。

A. 债务人怠于行使其债权

B. 债务人明确表示不履行合同

C. 债务人怠于行使权利的行为对债权人造成损害

D. 债权人有保全债权的必要

12. 关于代位权的行使,下列表述中错误的是(　　)。

A. 债权人行使代位权的必要费用,由债务人负担

B. 专属于债务人自身的债权除外

C. 债权人可以向人民法院请求以自己的名义代位行使债务人的债权

D. 代位权的行使范围以债务人的债权为限

场景(三)　红星建筑工程公司委托其业务员田某外出采购水泥,田某以红星建筑工程公司的名义与A公司签订一份钢材购销合同。

根据场景(三),回答下列问题:

13. 田某的行为(　　)。

A. 构成无权代理　　　　　　　　　　B. 属于有权代理

C. 构成滥用代理权　　　　　　　　　D. 属于法定代理

14. 上述购销合同,经(　　)为有效合同。

A. 合同的权利履行后　　　　　　　　B. 合同的义务履行后

C. 田某将合同内容告诉红星公司后　　D. 红星公司追认后

15. 红星建筑工程公司让田某外出采购水泥,属于(　　)。

A. 委托代理　　　B. 法定代理　　　C. 指定代理　　　D. 越权代理

16. (　　)不属于代理的种类。

A. 委托代理　　　B. 法定代理　　　C. 被代理人　　　D. 指定代理

17. 红星建筑工程公司因上述钢材购销合同受到利益损害的损失由(　　)承担。

A. 红星建筑工程公司　　　　　　　　B. A公司

C. A公司和田某连带　　　　　　　　D. 田某

18. A公司因上述钢材购销合同受到利益损害的损失由(　　)承担。

A. 红星建筑工程公司　　　　　　　　B. A公司

C. 红星建筑工程公司和田某连带　　　D. 田某

19. 根据我国《合同法》的规定,上述钢材购销合同是(　　)。

A. 有效合同　　　B. 无效合同　　　C. 效力待定合同　　　D. 可撤销合同

20. 根据《民法通则》规定,没有代理权、超越代理权或者代理权终止后的行为,只有经过被代理人的追认,(　　)。

A. 代理人承担民事责任　　　　　　　B. 被代理人承担民事责任

C. 行为人承担民事责任　　　　　　　　　D. 代理人和第三人负连带责任

21. 根据《合同法》规定,行为人没有代理权、超越代理权或者代理权终止后以被代理人名义
订立合同,相对人有理由相信行为人有代理权的,该(　　　)。
A. 代理行为由代理人负责　　　　　　　　B. 代理行为无效
C. 代理行为有效　　　　　　　　　　　　D. 行为没有代理权

场景(四)　　甲公司与乙公司就双方签订的加工承揽合同达成仲裁协议,约定一旦合同履行
发生纠纷,仲裁委员会仲裁。后合同履行过程中发生争议。

根据场景(四),回答下列问题:

22. 甲公司向仲裁委员会申请仲裁,如乙公司对仲裁协议的效力有异议,应当在(　　　)
提出。
A. 仲裁庭组成之前　　　　　　　　　　　B. 仲裁庭裁决之前
C. 仲裁庭首次开庭之前　　　　　　　　　D. 法院受理之前

23. 如甲公司与乙公司对仲裁委员会的选择未达成一致意见,则该仲裁协议(　　　)。
A. 无效　　　　　　B. 有效　　　　　　C. 效力待定　　　　　　D. 可撤销

24. 仲裁协议一经有效成立,即对当事人产生法律约束力。关于仲裁协议的效力,下列说法
中正确的是(　　　)。
A. 当事人可以通过向除仲裁协议中所约定的仲裁机构以外的任何仲裁机构申请仲裁的
方式解决该纠纷
B. 仲裁委员会只能对当事人在仲裁协议中约定的争议事项进行仲裁
C. 一方向人民法院起诉未声明有仲裁协议,另一方在首次开庭前提交仲裁协议的,人民
法院不可驳回起诉
D. 仲裁协议是争议合同的附属协议,合同无效则仲裁协议无效

25. 按《仲裁法》规定,仲裁庭可以由(　　　)仲裁员组成。
A. 二名或一名　　　B. 一名或四名　　　C. 三名或一名　　　D. 二名或三名

26. 仲裁委员会收到甲公司的仲裁申请书之日起(　　　)日内经审查认为符合受理条件的应
当受理。
A. 3　　　　　　　　B. 5　　　　　　　　C. 7　　　　　　　　D. 10

27. 就此案仲裁庭合议时产生了不同意见,首席仲裁员张某认为应裁决该合同无效,仲裁庭
组成人员王某、赵某认为应裁决合同有效,但王某认为应裁决解除合同,赵某认为应裁决
继续履行合同,则仲裁庭应(　　　)。
A. 按张某的意见作出裁决
B. 按王某或赵某的意见作出裁决
C. 请示仲裁委员会主任并按其意见作出裁决
D. 重新组成仲裁庭经评议后作出裁决

28. 仲裁裁决作出后,如乙公司不履行,甲公司可以按照民事诉讼的有关规定,向(　　　)。
A. 仲裁委员会申请执行　　　　　　　　　B. 人民法院申请执行
C. 仲裁委员会申请重新裁决　　　　　　　D. 人民法院申请重新审理

场景(五)　　赵某于2003年7月10日取得建造师注册证书和执业印章,在注册有效期届满

的 60 日时申请延期注册,并按规定提交了相关资料,而未被批准。

根据场景(五),回答下列问题:

29. 赵某的延期注册,若获得批准,有效期为(　　)年。

　　A. 2　　　　　　　　B. 3　　　　　　　　C. 4　　　　　　　　D. 5

30. 赵某未获批准延期注册,下列原因中说法正确的是(　　)。

　　A. 受到刑事处罚　　　　　　　　　　　B. 依法被撤销注册

　　C. 年龄超过 55 周岁　　　　　　　　　D. 未达到注册建造师继续教育要求

31. 如果赵某于 2004 年 3 月 17 日因建设工程项目的重大责任事故被判有期徒刑三年,在服刑期间表现良好,提前于 2006 年 4 月 30 日释放,据有关规定,赵某至少在(　　)之后才能申请注册。

　　A. 2007 年 3 月 17 日　　　　　　　　B. 2009 年 4 月 30 日

　　C. 2009 年 3 月 17 日　　　　　　　　D. 2011 年 4 月 30 日

32. 如果赵某于 2004 年 9 月 18 日因交通肇事罪被判有期徒刑两年,并于 2006 年 3 月 15 日提前释放,据有关规定,赵某至少在(　　)之后才能申请注册。

　　A. 2007 年 9 月 18 日　　　　　　　　B. 2009 年 3 月 15 日

　　C. 2009 年 9 月 18 日　　　　　　　　D. 2011 年 3 月 15 日

33. 如果赵某于 2004 年 1 月 20 日由于违反工程建设强制性标准,被有关部门处以吊销注册执业证书的处罚,据有关规定,赵某至少在(　　)之后才能申请注册。

　　A. 2006 年 7 月 10 日　　　　　　　　B. 2006 年 1 月 20 日

　　C. 2007 年 1 月 20 日　　　　　　　　D. 2009 年 1 月 20 日

场景(六)　2008 年 2 月某手表厂为纪念建厂 30 周年,特制纪念手表 1000 只,每只售价 1 万元,2008 年 2 月 18 日的广告上宣称:纪念表镶有进口天然钻石。张某于 2008 年 3 月 10 日购得一只此表。2008 年 3 月 20 日,张某将所购的表送权威部门鉴定后证实,该表进口天然钻石实际为人造钻石,每粒价格为 100 元,手表成本约 500 元。

根据场景(六),回答下列问题:

34. 张某与厂方的纠纷可按(　　)。

　　A. 无效合同处理,理由为欺诈　　　　　B. 可撤销合同处理,理由为欺诈

　　C. 有效合同处理　　　　　　　　　　　D. 可撤销合同处理,理由为重大误解

35. 如为可撤销合同,张某应在(　　)前行使撤销权。

　　A. 2009 年 2 月 18 日　　　　　　　　B. 2009 年 3 月 10 日

　　C. 2009 年 3 月 20 日　　　　　　　　D. 2009 年 3 月 31 日

36. 可撤销合同的确认应该是由(　　)确认。

　　A. 行政主管部门　　　　　　　　　　　B. 当事人双方

　　C. 人民法院　　　　　　　　　　　　　D. 工商行政管理部门

37. 因重大误解而订立的合同属可变更或可撤销合同,其"重大误解"必须是当事人在(　　)已经发生的误解。

　　A. 合同履行中　　　B. 订立合同时　　　C. 订立合同后　　　D. 订立合同前

38. 可变更合同在变更前属于(　　)的合同。

　　A. 有效　　　　　　　　　　　　　　　B. 无效

C.合同不成立也无效   D.合同成立但无效

场景(七) 某施工单位与某房地产开发公司签订工程承包合同,该施工单位承建房地产开发公司开发的某住宅小区的建设项目。合同双方约定,一旦工程实施过程中发生安全事故,则工程承包合同终止。

根据场景(七),回答下列问题:

39.民事法律关系的终止,是指某类民事法律关系主体之间的权利义务不复存在,彼此丧失了( )。

    A.利益   B.责权   C.约束力   D.制约力

40.场景中所述工程承包合同的终止属于( )。

    A.即时协商终止   B.约定终止条件

    C.自然终止   D.违约终止

41.民事法律关系的主体变更包括主体数目发生变化和主体的改变。主体改变也称为( )。

    A.权利转移   B.合同变更   C.合同转让   D.义务移交

42.法律关系内容变更中,一方的权利增加,也就意味着另一方的( )。

    A.权利的减少   B.权利的增加   C.义务的减少   D.义务的增加

43.民事法律关系违约终止,是指民事法律关系一方违约,或发生( ),致使某类民事法律关系规范的权利不能实现。

    A.不可抗力   B.安全事故   C.自然灾害   D.人为事故

场景(八) 某材料采购方口头将材料采购的任务委托给材料供应方,双方没有签订书面合同,供应方将委托采购的材料交给采购方并进行交验后,由于采购方拖欠材料款引发纠纷。

根据场景(八),回答下列问题:

44.根据上述场景,此时应当认定( )。

    A.合同已经成立   B.合同没有成立

    C.采购方不承担责任   D.双方没有合同关系

45.下列关于合同"标的"的表述中,错误的是( )。

    A.某工程施工合同的标的是劳务

    B.某工程建材购销合同的标的是建材,即物

    C.合同标的是合同法律关系的客体

    D.合同的标的是合同当事人双方的权利义务共同指向的对象

46.合同当事人承担违约责任的方式不包括( )。

    A.协商议定   B.偿付赔偿金   C.支付违约金   D.行政拘留

47.合同中的标的条款应标明标的( ),以使其特定化,并能够确定权利义务的范围。

    A.地点   B.名称   C.日期   D.特征

48.根据《合同法》规定,法律、行政法规规定或者当事人约定采用书面形式订立合同,当事人未采用书面形式,但是( )该合同成立。

    A.事后双方无异议的   B.经仲裁机构裁决的

    C.主管部门未发现的   D.一方已经履行主要义务,对方接受的

场景（九） 在我国境内从事建筑施工的甲国从业人员的儿子乙，今年13周岁。依据甲国法律，尚属无民事行为能力人，其在我国境内从事民事行为时，对其民事行为的认定，应认定为有民事行为能力。

根据场景（九），回答下列问题：

49. 自然人和法人是（　　）的概念。

    A. 相同   B. 相对应   C. 相互包含   D. 相对立

50. 民事法律关系的主体是指（　　）。

    A. 民事法律关系中享受权利，承担义务的当事人和参与者

    B. 民事法律关系之间权利和义务所指向的对象

    C. 他们都可以为民事法律关系的主体

    D. 民事主体之间基于民事法律关系客体所形成的民事权利和民事义务

51. 乙到今年17周岁时，则（　　）。

    A. 他肯定是完全民事行为能力人   B. 他肯定是限制民事行为能力人

    C. 他肯定是无民事行为能力人   D. 他可能被视为完全民事行为能力人

52. 法人是具有民事权利能力和民事行为能力，（　　）民事权利和承担民事义务的组织。

    A. 依法放弃   B. 独立行使   C. 依法共同分享   D. 依法独立享有

53. 根据我国《合同法》及相关法律的规定，法人以外的其他组织也可以成为民事法律关系的主体，称为（　　）。

    A. 非企业法人   B. 企业法人   C. 机关法人   D. 非法人组织

54. 民事法律关系是由民法规范调整的以（　　）为内容的社会关系。

    A. 劳动关系   B. 经济关系   C. 人身关系   D. 权利义务

场景（十） 甲公司中标成为一栋16层写字楼工程合法的施工总承包人。该工程可分为基础土石方工程、主体结构工程、暖通水电工程三个部分，甲公司选择了几家符合资质条件的工程公司乙、丙、丁，要进行分包。

根据场景（十），回答下列问题：

55. （　　）是指总承包单位将其所承包的工程中的部分工程发包给其他承包单位完成的活动。

    A. 总承包   B. 劳务分包   C. 分包   D. 约定分包

56. 根据《中华人民共和国建筑法》规定，建筑工程总承包单位（　　）。

    A. 可以将承包工程中的部分工程发包给具有相应资质条件的分包单位

    B. 不可以将承包工程中的部分工程发包给具有相应资质条件的分包单位

    C. 可以承接施工总承包企业分包的专业工程或者建设单位按照规定发包的专业工程

    D. 可以承接施工总承包企业或者专业承包企业分包的劳务作业

57. 根据《中华人民共和国建筑法》进一步规定，除总承包合同中约定的分包外，必须（　　）。

    A. 经上级主管部门认可   B. 经建设单位认可

    C. 经总承包单位认可   D. 经国家主管部门认可

58. 认可分包单位是在（　　）。

    A. 建设单位中作出选择

B.建设单位的认可基础上,监理单位进行的确认

C.总承包单位已经作出选择的基础上进行确认

D.指定分包工程承包人的分包合同中进行的二次确认

59.经建设单位认可后,甲公司进行分包,其中建筑法不允许的方案是( )。

    A.将基础土石方工程交给乙基础工程公司承包,自己负责其余部分的施工

    B.将基础土石方工程交给乙基础工程公司承包,将主体结构工程交给丁公司承包,自己
      负责暖通水电工程的施工

    C.将暖通水电工程交给丙安装公司承包,自己负责其余部分的施工

    D.将基础土石方工程交给乙基础工程公司承包,将暖通水电工程交给丙安装公司承包,
      自己负责主体结构工程的施工

60.总承包单位和分包单位之间的责任划分,应当根据( )。

    A.合同的条款或者造成的损失大小来确定

    B.各自的条件和环境所承担的责任划分

    C.双方的合同约定或者各自过错大小确定

    D.双方依照法律规定承担各自的责任

二、多项选择题(共20题,每题2分。每题的备选项中,有2个或2个以上符合题意,至少有1个错项。错选,本题不得分;少选,所选的每个选项得0.5分)

场景(十一)   甲建筑工程公司与乙房地产开发公司签订承包合同,由甲建筑工程公司承建乙房地产开发公司开发的某住宅小区项目,工程竣工后乙房地产开发公司向甲建筑工程公司支付工程款600万元。甲建筑工程公司为了偿还向丙建筑材料公司购买建筑材料的货款,将承包合同获得600万元工程款的权利让给丙建筑材料公司,并书面通知乙房地产开发公司。后来,该项目在竣工验收时被认定为不合格,而丙建筑材料公司向乙房地产开发公司主张债权遭到拒绝。

根据场景(十一),回答下列问题:

61.下列关于乙房地产开发公司行为的表述中,不正确的是( )。

    A.乙房地产开发公司的行为合法,因为丙建筑材料公司和乙房地产开发公司不存在债
      权债务关系

    B.乙房地产开发公司的行为合法,属于行使不安抗辩权

    C.乙房地产开发公司的行为合法,属于行使履行抗辩权

    D.乙房地产开发公司的行为合法,属于行使同时履行抗辩权

    E.乙房地产开发公司的行为不合法

62.根据《合同法》当事人行使不安抗辩权时,其权利和义务有( )。

    A.应当及时通知对方   B.可直接解除合同

    C.对方提供适当担保时,应当恢复履行   D.对方未提供适当担保的,可以解除合同

    E.有协助对方的义务

63.合同履行过程中的同时履行抗辩权的适用条件是( )。

    A.合同中未约定履行顺序

    B.对方当事人没有履行债务或者没有正确履行义务

    C.对方的对等给付是可履行的义务

D. 应当先履行的对等给付是可能履行的义务

E. 应当先履行合同的一方丧失商业信誉

64. 《合同法》规定异时履行抗辩权,包括的类型有(　　)。

　　A. 后履行一方的抗辩权　　　　　　B. 终止履行抗辩权

　　C. 拒绝履行抗辩权　　　　　　　　D. 法定不安抗辩权

　　E. 先履行抗辩权

65. 根据我国法律规定,下列关于抗辩权的说法,正确的是(　　)。

　　A. 异时履行抗辩权分为后履行一方的抗辩权和先履行一方的抗辩权

　　B. 后履行抗辩权又称为不安抗辩权

　　C. 同时履行抗辩权的适用条件之一为:当事人另一方未履行债务

　　D. 当事人行使不安抗辩权的法律后果是中止履行

　　E. 先履行抗辩权又称为不安抗辩权

场景(十二)　甲公司 2002 年 7 月取得三级钢结构工程专业承包企业资质,2006 年 2 月取得二级资质。2005 年 10 月承接了一项由乙公司委授的属于二级范围的网架钢结构制作与安装业务,甲承接时表明公司已在申请二级资质,2007 年 8 月工程竣工并验收合格。乙公司以甲公司超越资质等级承揽工程为由,认为承包合同无效而拒付工程款。

根据场景(十二),回答下列问题:

66. 在我国,对从事建筑活动的建设工程企业的(　　)实行资质等级许可制度。

　　A. 建筑施工企业　　B. 建设单位　　C. 勘察单位　　　D. 设计单位

　　E. 工程监理单位

67. 我国建筑业企业资质分为(　　)等序列。

　　A. 建设企业承包　　B. 施工总承包　　C. 施工承包　　　D. 专业承包

　　E. 劳务分包

68. 根据《中华人民共和国建筑法》规定,从事建筑活动的建筑施工企业、勘察单位、设计单位和工程监理单位按照其拥有的(　　)等资质条件,划分为不同的资质等级,经资质审查合格,取得相应等级的资质证书后,方可在其资质等级许可的范围内从事建筑活动。

　　A. 注册资本　　　　B. 专业技术人员　　C. 技术装备　　　D. 技术能力

　　E. 已完成的建筑工程业绩

69. 地基与基础工程专业承包企业资质分为(　　)。

　　A. 特级　　　　　　B. 一级　　　　　　C. 二级　　　　　　D. 三级

　　E. 四级

70. 若甲公司诉至法院,法院依法应支持(　　)。

　　A. 甲公司超越资质等级许可的业务范围承揽工程,承包合同无效

　　B. 虽然甲公司超越资质等级许可的业务范围承揽工程,但承包合同仍有效

　　C. 甲公司在工程竣工前才取得符合该项业务要求的二级资质,承包合同无效,乙公司有权拒付工程款

　　D. 由于甲公司在工程竣工前取得了符合该项业务要求的二级资质,承包合同有效,乙公司应按合同支付工程款

　　E. 该工程竣工验收合格,乙公司应按合同约定支付工程款

场景(十三) 甲水泥厂因无力支付建厂赊乙钢材厂钢材的货款,遂向乙钢材厂提供了一批水泥用来抵账。后乙钢材厂将该批水泥出售给丙施工单位。

根据场景(十三),回答下列问题:

71. 对于乙钢材厂和丙施工单位之间的水泥买卖合同的效力,下列说法中,不正确的有( )。

A. 此水泥买卖合同为有效合同

B. 此水泥买卖合同因乙钢材厂超越经营范围而无效

C. 此水泥买卖合同因乙钢材厂超越经营范围而效力待定

D. 此水泥买卖合同因乙钢材厂超越经营范围而可撤销

E. 此水泥买卖合同因损害了甲水泥厂利益而无效

72. 根据《合同法》的规定,合同生效应当具备( )等要件。

A. 合同当事人具有完全民事权利能力和民事行为能力

B. 合同当事人具有相应的民事权利能力和民事行为能力

C. 合同不违反法律或者社会公共利益

D. 合同当事人意思表示真实

E. 具备法律、行政法规规定的合同生效必须具备的形式要件

73. 按照《合同法》的规定,合同不违反法律和社会公共利益,主要包括的含义有( )。

A. 合同的形式合法　　　　　　　B. 合同的主体资格合法

C. 合同的主要条款合法　　　　　D. 合同的内容合法

E. 合同的目的合法

74. 根据《合同法》的规定,确定合同成立的时间,应遵守的规则是( )。

A. 要约生效的时间决定合同成立时间

B. 承诺生效时间决定了合同成立时间

C. 要约、承诺生效时间就是合同成立时间

D. 当事人采用合同书形式订立合同的,自双方当事人签字或者盖章时合同成立

E. 当事人采用信件、数据电文等形式订立合同的,可以在合同成立之前要求签订确认书,签订确认书时合同成立

75. 确定合同成立地点,应遵守的规则有( )。

A. 要约生效的地点为合同成立的地点

B. 承诺生效的地点为合同成立的地点

C. 当事人采用合同书形式订立合同的,双方当事人签字或者盖章的地点为合同成立的地点

D. 当事人采用信件、数据电文等形式订立的合同,双方任意一方的所在地为合同成立的地点

E. 当事人采用口头形式订立的合同,口头协商地就是合同成立的地点

场景(十四) 甲建设单位与乙施工单位签订了一项施工合同,合同中载明乙施工单位建造一住宅楼工期10个月。甲建设单位为节约成本指定乙施工单位购买丙公司不合格砂料一批。甲建设单位为了自身利益要求乙单位缩短工期,提前1个月完工,乙单位为了安全施工,工程达标,拒绝甲建设单位要求。

根据场景(十四),回答下列问题:

76. 在建设工程安全生产管理基本制度中,安全生产责任制度的主要内容包括(　　)。
    A. 建设行政主管部门的安全生产责任制　　B. 市级以上的人民政府的安全责任制
    C. 从事建筑活动主体的负责人的责任制　　D. 岗位人员的安全生产责任制
    E. 从事建筑活动主体的职能机构或职能处室负责人及其工作人员的安全生产责任制

77. 根据《建设工程安全生产管理条例》规定,建设单位应当向施工单位提供施工现场及毗邻区域内供水、排水、供电、供气、供热、通信、广播电视等地下管线资料,气象和水文观测资料,相邻建筑物和构筑物,地下工程的有关资料,并保证资料的(　　)。
    A. 真实　　　　　　　B. 及时　　　　　　　C. 责任明确　　　　　　D. 准确
    E. 完整

78. 下列行为中,违反了《建设工程安全生产管理条例》规定的有(　　)。
    A. 施工图设计文件未经审查批准就使用
    B. 提供建设工程有关安全施工措施的资料
    C. 承包商没有与劳动者签订用工合同
    D. 建设单位要求压缩合同约定的工期
    E. 建设单位没有提供足够的保障安全生产的费用

79. 甲建设单位的行为应承担的法律责任有(　　)。
    A. 责令限期改正　　　　　　　　　　　B. 降低资质等级
    C. 处以 10 万以上 30 万以下的罚款　　　D. 处以 20 万以上 50 万以下的罚款
    E. 造成损失的,依法承担赔偿责任

80. 建设单位、设计单位、施工单位、监理单位,由于没有履行职责造成人员伤亡和事故损失的,视情节给予相应处理,情节严重的,(　　),构成犯罪的,依法追究刑事责任。
    A. 责令停业整顿　　　B. 降低资质等级　　　C. 吊销资质证书　　　D. 罚款
    E. 责令限期改正

参考答案

一、单项选择题

1. C	2. C	3. A	4. A	5. D
6. D	7. D	8. C	9. C	10. B
11. B	12. D	13. A	14. D	15. A
16. C	17. D	18. D	19. C	20. B
21. C	22. C	23. A	24. B	25. C
26. B	27. A	28. B	29. B	30. D
31. D	32. A	33. B	34. B	35. C
36. C	37. B	38. A	39. C	40. B
41. C	42. D	43. A	44. A	45. A
46. D	47. B	48. D	49. B	50. A
51. D	52. D	53. D	54. D	55. C
56. A	57. B	58. C	59. B	60. C

二、多项选择题

61. ABDE	62. ACD	63. ABC	64. AE	65. ACDE
66. ACDE	67. BDE	68. ABCE	69. BCD	70. AE
71. BCDE	72. BCDE	73. DE	74. BDE	75. BC
76. CDE	77. ADE	78. DE	79. ADE	80. ABC

2008 全国二级建造师执业资格考试试卷

一、单项选择题（共 60 题，每题 1 分。每题的备选项中，只有 1 个最符合题意）

场景（一） 建设单位拟兴建一栋 20 层办公楼，投资总额为 5600 万元，由建设单位自行组织公开招标。建设单位对甲、乙、丙、丁、戊五家施工企业进行了资格预审，其中丁未达到资格预审最低条件。建设单位于投标截止日后的第二天公开开标。评标阶段丙向建设单位行贿谋取中标。评标委员会向建设单位推荐了甲、乙施工企业为中标候选人，建设单位均未采纳，选中丙为中标人。建设单位向丙发出中标通知书，并要求降低报价才与其签订合同。

根据场景（一），回答下列问题：

1. 根据《招标投标法》和《工程建设项目招标范围和规模标准规定》，下列说法中错误的是（   ）。

    A. 若该项目部分使用国有资金投资，则必须招标

    B. 若投资额在 3000 万元人民币以上的体育场施工项目必须招标

    C. 施工单位合同估算价为 300 万元人民币的经济适用住房施工项目可以不招标

    D. 利用扶贫资金实行以工代赈使用农民工的施工项目，由审批部门批准，可以不进行施工招标

2. 招标人应当在资格预审文件中载明的内容不包括（   ）。

    A. 资格条件   B. 最低标准要求

    C. 审查方法   D. 审查目的

3. 根据《招标投标法》的规定，下列说法中正确的是（   ）。

    A. 甲、乙、戊施工企业具有投标资格   B. 丁施工企业可以参加投标

    C. 丙的行贿行为不影响中标   D. 戊应当成为中标人

4. 根据《招标投标法》的规定，下列关于建设单位的说法中正确的是（   ）。

    A. 建设单位有权要求丙降低报价

    B. 建设单位应在招标文件确定的提交投标文件截止时间的同一时间开标

    C. 建设单位可以在招标人中选择任何一个投标人中标

    D. 评标委员会成员中的 2/3 可以由建设单位代表担任

场景（二） 吴某是甲公司法定代表人，吴某依据《中华人民共和国勘察设计管理条例》将厂房设计任务委托给符合相应资质的乙设计院，设计院指派注册建筑师张某负责该项目。丙施工企业承建，注册建造师李某任该项目负责人，2006 年 2 月 1 日厂房通过了竣工验收。甲公司未依约结清设计费，设计院指令张某全权负责催讨。2008 年 1 月 1 日在一次酒会上，吴某当众对设计院办公室主任王某说："欠你们院的设计费春节前一定还上。"事后王某向单位做了汇报，设计院决定改由王某全权处理该项事宜。后在税务检查中税务机关发现甲公司有逃税事实，遂冻结了甲公司的账户，故拖欠的设计费仍未清偿。2008 年 4 月 1 日，王某催讨，吴某以超过诉讼时效为由拒付，设计院遂提起诉讼。

根据场景(二),回答下列问题:

5.《中华人民共和国勘察设计管理条例》属于(　　)。

    A.法律　　　　　　　　B.行政法规　　　　　　C.地方性法规　　　　　D.行政规定

6.该工程设计合同法律关系中,法律关系主体是(　　)。

    A.吴某与张某　　　　　　　　　　　　　　B.吴某与设计院

    C.甲公司与张某　　　　　　　　　　　　　D.甲公司与乙设计院

7.建造师李某申请延续注册,下列情况中不影响延续注册的是,因(　　)。

    A.工伤被鉴定为限制民事行为能力人

    B.其始终从事技术工作,故无需且未参加继续教育

    C.执业活动受到刑事处罚,自处罚执行完毕之日起至申请注册之日不满 3 年

    D.其负责的工程项目因工程款纠纷导致诉讼

8.甲公司的其他股东对吴某的还钱表示不予认同,下列观点正确的是(　　)。

    A.吴某未得到其他股东授权,其还钱表态无效

    B.吴某酒后失言,不是真实意思表示,行为无效

    C.吴某的行为后果,其他股东不负责任

    D.吴某还钱可以,但需先行退还其他股东出资

9.从设计任务委托法律关系的角度看,乙设计院将张某变更为王某全权负责催讨欠款属于(　　)。

    A.主体变更　　　　　　B.客体变更　　　　　　C.内容变更　　　　　　D.未变更

10.张某代表设计院向甲公司催讨欠款属于(　　)。

    A.委托代理　　　　　　B.法定代理　　　　　　C.指定代理　　　　　　D.表见代理

11.下列关于诉讼时效的表述,正确的是(　　)。

    A.距工程竣工已满两年,诉讼时效届满,乙设计院丧失胜诉权

    B.王某不是乙设计院的全权代表,吴某向王某表示还钱无效

    C.因设计院事后安排王某负责处理催讨欠款事宜,故吴某向王某的表态,使诉讼时效中断

    D.因 2008 年 1 月 1 日处于诉讼时段的最后六个月当中,故诉讼时效中止

12.甲公司的下列行为中,正确的是(　　)。

    A.为其他关系单位代开增值税发票

    B.为单位职工代扣代缴个人所得税

    C.设立两套账簿分别用于内部管理和外部检查

    D.将税务登记证借给关系单位

场景(三)　甲建设单位在某城市中心区建设商品房项目,由取得安全生产许可证的乙施工单位总承包,由丁监理公司监理。乙经过甲同意将基础工程分包给丙施工单位,丙在夜间挖掘作业中操作失误,挖断居民用水管造成大面积积水,需抢修。后续又发生两起安全事故:①乙施工单位的施工人员违反规定使用明火导致失火,造成一名工人受伤;②焊接现场作业员王某违章作业造成漏电失火,王某撤离现场。

根据场景(三),回答下列问题:

13.乙施工单位的(　　)依法对本单位的安全生产全面负责。

A.企业法人代表　　　B.主要负责人　　　C.项目负责人　　　D.安全生产员

14.发生事故当时焊接作业员王某及时撤离了现场,是王某行使《安全生产法》赋予从业人员的(　　)。

　　A.知情权　　　　　B.拒绝权　　　　　C.紧急避险权　　　D.请求赔偿权

15.该施工现场发生的两起安全事故,应由(　　)负责上报当地安全生产监管部门。

　　A.甲建设单位　　　B.乙施工单位　　　C.丙施工单位　　　D.丁监理公司

16.该施工现场的安全生产责任应由(　　)负总责。

　　A.甲建设单位　　　B.乙施工单位　　　C.丙施工单位　　　D.丁监理公司

17.根据《建设工程安全生产管理条例》规定,两单位从事危险作业人员的意外伤害保险费应当(　　)支付。

　　A.由甲建设单位　　B.由乙施工单位　　C.由丙施工单位　　D.按合同约定

18.以下对丁监理公司的安全责任说法中,不正确的是(　　)。

　　A.按工程建设强制性标准实施监理

　　B.依据法律、法规实施监理

　　C.审查专项施工方案

　　D.发现安全事故隐患立即向劳动安全管理部门报告

19.在该焊接作业现场的下列说法中,不符合《消防法》规定的是(　　)。

　　A.氧气瓶应单独存放并做好安全标识

　　B.经项目负责人批准,可以携带火种进入焊接场所

　　C.焊接作业人员必须持证上岗

　　D.焊接作业人员应采取相应的消防安全措施

20.根据《建筑施工企业安全生产许可证管理规定》,(　　)不是施工企业取得安全生产许可证必须具备的条件。

　　A.建立、健全安全生产责任制

　　B.保证本单位安全生产条件所需资金的有效使用

　　C.设置安全生产管理机构

　　D.依法参加工伤保险

21.根据环境保护相关法律、法规,对于项目夜间抢修的说法正确的是(　　)。

　　A.可以直接抢修

　　B.有县级以上人民政府或者有关主管理部门证明可以抢修

　　C.向所在地居民委员会或街道申请后可以抢修

　　D.不可以夜内抢修

22.因宿舍失火,要临时安置施工人员,则下列有关说法中正确的是(　　)。

　　A.可以直接安排到仓库中,并远离危险品

　　B.不可以安排到仓库中

　　C.可以暂时安排到仓库中,并报公安消防机构批准

　　D.经公安消防机构批准,可以长期居住在仓库中

场景(四)　具有房屋建筑设计丙级资质的某油田勘探开发公司欲新建专家公寓,该工程地下1层,地上9层,预制钢筋混凝土桩基础,钢筋混凝土框架结构。由甲设计院设计,施工图经乙

审图中心审查通过。经公开招标,由某施工单位承建,包工包料,某监理公司负责工程的监理。施工过程中,建设单位要求更换外墙保温材料。

根据场景(四),回答下列问题:

23. 根据《建设工程质量管理条例》规定,以下不是建设单位质量责任的是( )。

    A.组织工程竣工验收　　　　　　　　　　B.确保外墙保温材料符合要求

    C.不得擅自改变主体结构进行装修　　　　D.不得迫使承包方以低于成本价格竞标

24. 若施工合同约定本工程保修期间采用质量保证金方式担保,则建设单位应按工程价款( )左右的比例预留保留金。

    A.结算总额 5%　　B.预算总额 5%　　　C.预算总额 10%　　　D.结算总额 10%

25. 根据《建设工程质量管理条例》,( )应当保证钢筋混凝土预制桩符合设计文件和合同要求。

    A.建设单位　　　　B.监理公司　　　　C.施工单位　　　　D.设计单位

26. 根据《建设工程质量管理条例》的规定,下列选项中不属于工程验收必备条件的是( )。

    A.有完整的技术档案　　　　　　　　　　B.有完整的施工管理资料

    C.设计单位签署的质量合格文件　　　　　D.监理单位签署的工程质量保修书

27. 建设单位更换保温材料,应当由( )后方可施工。

    A.原设计院出设计变更,报当地审图机构审查

    B.当地具有相应资质的设计单位出设计变更,报当地审图机构审查

    C.原设计院出设计变更,报原审图机构审查

    D.建设单位设计院出设计变更,报原审图机构审查

28. 若对外墙保温材料的质量要求不明确而产生纠纷时,首先应按照( )履行。

    A.通常标准　　　　　　　　　　　　　　B.符合合同目的特定标准

    C.国家标准　　　　　　　　　　　　　　D.地方标准

29. 施工过程中的质量控制文件应由( )收集和整理后进行立卷归档。

    A.建设单位　　　　B.施工单位　　　　C.监理单位　　　　D.设计单位

30. 该项目关于节约能源的专题论证,应当包括在( )中。

    A.可行性研究报告　　B.招标文件　　　C.投标文件　　　　D.竣工验收报告

31. 依据《建设工程质量管理条例》关于见证取样的规定,( )无需取样送检,即可用于工程。

    A.保温材料　　　B.供水管主控阀　　C.钢筋原材料　　　D.钢筋垫块

32. 以下关于工程质量保修问题的论述中,不符合《建设工程质量管理条例》的是( )。

    A.地基基础工程质量保修期为设计文件规定的合理使用年限

    B.发承包双方约定屋面防水工程的保修期为 6 年

    C.保修范围属于法律强制性规定的,承发包双方必须遵守

    D.保修期限法律已有强制性规定的,承发包双方不得协商约定

场景(五)　某市区一固定资产项目的施工现场图示如下,请根据图示回答以下问题:

根据场景(五),回答下列问题:

33. 因生活区尚未建成,可以将施工人员暂时安排在( )居住。

A.作业区①   B.作业区②   C.仓库③   D.办公区④

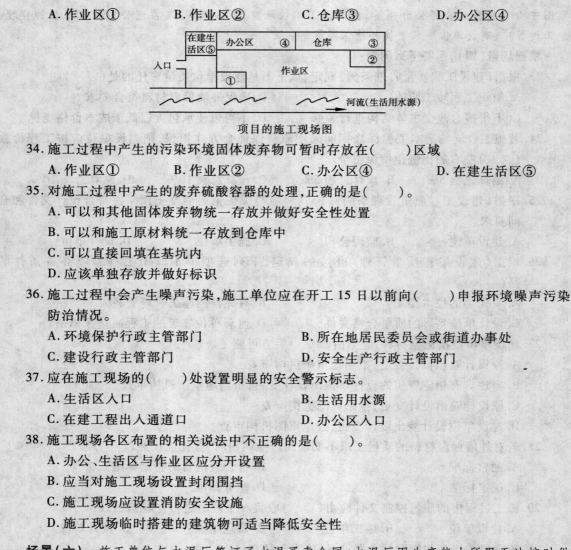

项目的施工现场图

34.施工过程中产生的污染环境固体废弃物可暂时存放在（　　）区域
　　A.作业区①　　　　B.作业区②　　　　C.办公区④　　　　D.在建生活区⑤

35.对施工过程中产生的废弃硫酸容器的处理,正确的是（　　）。
　　A.可以和其他固体废弃物统一存放并做好安全性处置
　　B.可以和施工原材料统一存放到仓库中
　　C.可以直接回填在基坑内
　　D.应该单独存放并做好标识

36.施工过程中会产生噪声污染,施工单位应在开工15日以前向（　　）申报环境噪声污染防治情况。
　　A.环境保护行政主管部门　　　　　　B.所在地居民委员会或街道办事处
　　C.建设行政主管部门　　　　　　　　D.安全生产行政主管部门

37.应在施工现场的（　　）处设置明显的安全警示标志。
　　A.生活区入口　　　　　　　　　　　B.生活用水源
　　C.在建工程出入通道口　　　　　　　D.办公区入口

38.施工现场各区布置的相关说法中不正确的是（　　）。
　　A.办公、生活区与作业区应分开设置
　　B.应当对施工现场设置封闭围挡
　　C.施工现场应设置消防安全设施
　　D.施工现场临时搭建的建筑物可适当降低安全性

　　场景（六）　施工单位与水泥厂签订了水泥买卖合同,水泥厂因生产能力所限无法按时供货,便口头向施工单位提出推迟1个月交货的要求,但施工单位未予答复。为此,水泥厂将该合同全部转让给建材供应商,约定建材供应商按水泥厂与施工单位所签合同的要求向施工单位供货,并就合同转让一事书面通知了施工单位。材料供货商按原合同约定的时间和数量供应了水泥,但水泥质量不符合合同约定的标准。施工单位要求水泥厂继续履行合同,并要求材料供应商赔偿相应损失。

　　根据场景（六）,回答下列问题:

39.若施工单位同意水泥厂转让合同,水泥质量不合格应由（　　）承担责任。
　　A.施工单位　　　　　　　　　　　　B.水泥厂
　　C.材料供应商　　　　　　　　　　　D.水泥厂与材料供应商共同

40.水泥厂向施工单位提出迟延交货的要求,则合同（　　）。
　　A.发生变更　　　　B.效力待定　　　　C.无效　　　　D.未发生变更

41.水泥厂转让合同的行为在（　　）后有效。

A. 水泥厂与材料供应商联名通知施工单位　　B. 水泥厂通知施工单位

C. 材料供应商通知施工单位　　　　　　　　D. 征得施工单位同意

42. 根据《合同法》的规定,不属于合同债权债务概括转移条件的是( )。

A. 转让人与受让人达成合同转让协议　　　　B. 原合同有效

C. 原合同为单务合同　　　　　　　　　　　D. 符合法定的程序

43. 根据《合同法》的规定,下列说法中正确的是,施工单位( )。

A. 有权要求水泥厂继续履行合同,并要求材料供应商赔偿损失

B. 无权要求水泥厂继续履行合同

C. 有权要求水泥厂继续履行合同,并赔偿损失

D. 有权要求水泥厂继续履行合同,并要求水泥厂赔偿损失

场景(七) 2007 年 9 月 20 日,施工单位与建材商签订了一份买卖合同,约定将工程完工后剩余的石材以 8 万元的价格卖给建材商,合同履行地为施工单位所在地。9 月 28 日,建材商依约交付 1 万元定金。9 月 29 日,施工单位为建材商代为托运。9 月 30 日,建材商收到货物,但并没有按照约定在货到时付款。

根据场景(七),回答下列问题:

44. 如果该施工单位营业执照允许经营范围无销售石材业务,则该买卖合同为( )合同。

A. 无效　　　　　　B. 有效　　　　　　C. 可变更、可撤销　　　D. 效力待定

45. 该定金合同的生效日期为( )。

A. 9 月 20 日　　　　B. 9 月 28 日　　　　C. 9 月 29 日　　　　D. 9 月 30 日

46. 如果货物在运输途中遭遇台风,致使部分石材损坏,该损失由( )。

A. 施工单位承担　　　　　　　　　　　　B. 建材商承担

C. 施工单位和建材商各承担一半　　　　　D. 建材商承担 3/4,施工单位承担 1/4

47. 如果建材商一直无力偿还施工单位的 7 万元,且某工厂欠建材商 6 万元已到期,但建材商明示放弃对该工厂的债权。对建材商这一行为,施工单位可以( )。

A. 请求仲裁机构撤销建材商放弃债权的行为

B. 请求人民法院撤销建材商放弃债权的行为

C. 通过仲裁机构行使代位权,要求工厂偿还 6 万元

D. 通过人民法院行使代位权,要求工厂偿还 6 万元

48. 如果施工单位与建材商在买卖合同中,既约定了定金,又约定了违约金。在建材商违约时,施工单位( )。

A. 可以同时适用定金与违约金的约定　　　B. 只可选择适用其中一项约定

C. 只能适用违约金约定　　　　　　　　　D. 只能适用定金约定

场景(八) 甲施工单位向乙银行申请贷款 200 万元。甲提交了丙汽车制造厂和丁市公安局各自为其出具的还款付息保证书。甲因经营不善,造成严重亏损,不能按期还本付息。甲与乙经过协商,达成延期两年还款协议,并通知了保证人。

根据场景(八),回答下列问题:

49. 甲与乙签订的有效合同属于( )。

A. 单务合同　　　　B. 实践合同　　　　C. 双务有偿合同　　　D. 无名合同

50. 依据《担保法》规定,在该场景中能作保证人的是( )。

    A. 甲   B. 乙   C. 丙   D. 丁

51. 该保证合同主体是( )。

    A. 甲与乙   B. 甲与丙   C. 乙与丁   D. 乙与丙

52. 下列不属于保证合同的内容是( )。

    A. 保证方式   B. 保证期间

    C. 保证担保范围   D. 被保证人的其他债权

53. 若两年后甲仍不能还款,则该还款义务由( )承担。

    A. 甲   B. 乙   C. 丙   D. 丁

54. 按照担保法的规定,属于保证担保方式是( )。

    A. 定金保证   B. 一般保证   C. 抵押保证   D. 留置保证

场景(九) 甲建设单位与乙施工单位签订了一份装饰合同,合同约定由乙负责甲办公楼的装饰工程,并且约定一旦因合同履行发生纠纷,由当地仲裁委员会仲裁。施工过程中,因乙管理不善导致工期延误,给甲造成了损失,甲要求乙赔偿,遭到乙拒绝,于是甲提出仲裁申请。

    根据场景(九),回答下列问题:

55. 针对乙延误工期这一事实,提供证据的责任由( )承担。

    A. 甲   B. 乙   C. 甲乙双方   D. 仲裁庭

56. 仲裁过程中,如果甲申请证据保全,则正确程序是( )。

    A. 甲向仲裁机构所在地的基层人民法院提出申请

    B. 仲裁机构将甲的申请提交证据所在地的基层人民法院

    C. 仲裁机构将甲的申请提交证据仲裁机构所在地的基层人民法院

    D. 仲裁机构采取必要的证据保全措施

57. 仲裁庭审理过程中,仲裁员在赔偿数额上意见不一致,首席仲裁员张某认为赔偿数额为30万元,另两名仲裁员王某、李某都认为赔偿数额应为15万元,则仲裁庭应按( )意见作出。

    A. 仲裁委员会   B. 仲裁委员会主任   C. 张某   D. 王某、李某

58. 该纠纷经仲裁后,裁决书( )发生法律效力。

    A. 自作出之日   B. 经上级仲裁机构审查批准后

    C. 经人民法院审查批准后   D. 在双方当事人不申请复议时

59. 如果被申请人乙发现该案在仲裁过程中违反法律程序,则可以向( )申请撤销裁决。

    A. 仲裁庭   B. 建设行政主管部门

    C. 上级仲裁委员会   D. 人民法院

60. 如果裁决发生法律效力后,乙不履行裁决,甲可以( )。

    A. 向法院申请强制执行   B. 向仲裁委员会申请强制执行

    C. 向公安部门申请强制执行   D. 再申请仲裁

二、多项选择题(共20题,每题2分。每题的备选项中,有2个或2个以上符合题意,至少有1个错项。错选,本题不得分;少选,所选的每个选项得0.5分)

    场景(十) 甲建设单位将宾馆改建工程直接发包给乙施工单位,约定工期10个月,由丙监

理公司负责监理。甲指定丁建材公司为供货商,乙施工单位不得从其他供应商处另行采购建筑材料。乙施工单位具有房屋建筑工程总承包资质,为完成施工任务,招聘了几名具有专业执业资格的人员。在征得甲同意的情况下,乙施工单位将电梯改造工程分包给戊公司。在取得施工许可证后,改建工程顺利开工。

根据场景(十),回答下列问题:

61.下列关于施工许可证申请的表述正确的有( )。

    A.施工许可证应由乙施工单位申请领取   B.申请用地已办理建设工程规划许可证

    C.改建设计图已按规定进行了审查   D.到位资金不得少于工程价款的50%

    E.宾馆建设消防设计图样已通过公安消防机构审核

62.下列关于工程发包、承包的表述正确的有( )。

    A.乙单位与戊单位就电梯改造部分向甲单位承担连带责任

    B.建筑工程应该招标发包,对不适用招标发包的可以直接发包

    C.乙单位只能从丁公司采购建筑材料,否则构成违约

    D.甲单位可以将电梯改造与其他改建工程分别发包

    E.该工程施工合同无效,即使竣工验收合格,甲单位也可拒付工程价款

63.乙施工单位的企业资质可能是( )。

    A.特级   B.一级   C.二级   D.三级

    E.四级

64.目前我国主要的建筑业专业技术人员执业资格种类包括( )。

    A.注册土木(岩土)工程师   B.注册房地产估价师

    C.注册土地估价师   D.注册资产评估师

    E.注册房地产经纪人

65.丙监理单位在改建过程中,其监理内容包括( )。

    A.进度控制   B.质量控制   C.成本控制   D.合同管理

    E.施工管理

场景(十一)   某电信公司在市中心新建电信大厦,该工程为钢筋混凝土框架结构,地下1层,地上7层。施工阶段由监理公司负责监理。电信公司将工程发包给甲施工单位,经电信公司同意,甲将消防工程采用包工包料的方式分包给乙公司。为节约成本,电信公司要求降低节能标准,更换材料。工程竣工验收并进行工程文件移交、归档。电信大厦投入使用后3个月,位于三楼的一处消防管控制阀因质量不合格漏水,造成某通信设备调试公司存放于该楼的2台电子设备损坏,直接经济损失近百万元。

根据场景(十一),回答下列问题:

66.对该设备损失承担责任的有( )。

    A.甲施工单位   B.乙公司   C.消防器材供货商   D.电信公司

    E.消防验收机构

67.下列关于甲单位的质量责任,说法正确的有( )。

    A.对该办公楼的施工质量负责

    B.建立、健全施工质量管理制度

    C.做好隐蔽工程的质量检查和记录

D. 对商品混凝土的检验,在当地工程质量监督站的监督下现场取样送检

E. 审查乙公司的质量管理体系

68. 以下是甲单位试验员的几次见证取样行为,其中不符合《建设工程质量管理条例》的有(　　)。

A. 现浇板混凝土试块在监理工程师监督下,从混凝土搅拌机出料口取样

B. 在监理工程师监督下,从已完成的钢筋骨架上截取钢筋焊接接头试样

C. 试验员和监理工程师去门窗厂抽取窗户样品

D. 在电信公司代表监督下,对进场的防水材料随机抽取样品

E. 在电信公司代表监督下,到公司仓库抽取钢材试件

69. 电信公司的安全责任包括(　　)。

A. 提供安全施工措施所需费用

B. 审查安全技术措施

C. 提供施工现场及地下工程的有关资料

D. 不得违反强制性标准规定压缩合同约定的工期

E. 自开工报告批准日起 15 日内,将保证安全施工的措施报相关部门备案

70. 以下安全责任中,(　　)属于施工单位的责任。

A. 配备专职安全员

B. 编制工程施工安全技术措施

C. 审查乙公司编制的安全施工措施

D. 提供乙公司施工期间所需的全部安全防护用品

E. 采用新技术时,对作业人员进行相应的安全生产教育培训

71. 对该项目经审查合格的节能设计文件,下列说法正确的有(　　)。

A. 电信公司可以要求甲施工单位变更节能设计,降低节能标准

B. 甲施工单位可以要求乙施工单位变更节能设计,降低节能标准

C. 电信公司不可以要求甲施工单位变更节能设计,降低节能标准

D. 建筑节能强制性标准,仅是针对甲和乙的要求

E. 建筑节能强制性标准,是针对电信公司、甲、乙单位的要求

72. 下列关于该项目档案移交和文件归档说法,正确的有(　　)。

A. 甲、乙监理公司应各自整理本单位形成的工程文件并向电信公司移交

B. 应由甲负责收集、汇总乙形成的工程档案并向电信公司移交

C. 监理公司应在工程施工验收前,将形成的工程档案向电信公司归档

D. 监理公司应根据城建管理机构要求对档案进行审查,合格后向电信公司移交

E. 工程档案一般不少于 2 套,1 套(原件)由电信公司保管,1 套移交当地城建档案馆(室)

场景(十二)　电力局在 A、B 两地同时建设两个变电站,分别签订了设计合同、施工合同和设备供应合同。设计合同采用标准化范本,规定合同担保方式为定金担保。供货合同履行过程中发现,由于两个变电站的规模不同,所订购的两套设备不是同一型号,供货合同中未明确约定各套设备的交货地点。

根据场景(十二),回答下列问题:

73. 设计合同采用定金担保方式,该定金合同生效必须满足的条件包括(　　)。

A. 建设单位与设计单位书面的定金担保

B. 设计院将定金支付给建设单位

C. 建设单位将定金支付给设计院

D. 建设单位将设计依据材料移交给设计院

E. 设计院已开始设计工作

74. 依据《合同法》中对一般条款的规定,各施工合同内均应明确约定的条款包括(　　)。

A. 工程应达到的质量标准　　　　　　　B. 工程款的支付与结算

C. 合同工期　　　　　　　　　　　　　D. 工程保险的投保责任

E. 解决合同纠纷的方式

75. 施工合同履行过程中,按照《合同法》有关当事人行使抗辩权的规定,下列说法中正确的包括(　　)。

A. 施工质量不合格工程部位的工程量不予计量和支付

B. 施工质量不合格工程部位的工程量应先予计量和支付,然后再由承包商自费修复工程缺陷

C. 超出设计尺寸部分的工程量即使质量合格也不予计量和支付

D. 超出设计尺寸部分的工程量,当质量合格时应按实际完成工程量计量支付

E. 拖延支付工程进度款超过合同约定的时间,承包商预先发出通知仍未获得支付,有行使暂停施工的权力

76. 按照《合同法》对合同内容约定不明确的处理规定,对于设备交付方式和交货地点不明确的下述说法中正确的包括(　　)。

A. 供货商通知电力局到供货商处提货,运输费由电力局负担

B. 供货商通知电力局到供货商处提货,运输费由供货商负担

C. 供货商用自有运输机械将设备运到电力局指定地点,运费由供货商承担

D. 供货商用自有运输机械将设备运到电力局指定地点,运费由电力局承担

E. 供货商委托运输公司,将设备运到电力局指定地点,运费由电力局承担

77. 如果施工合同违反法律、行政法规的强制性规定,致使合同无效,则(　　)。

A. 合同自订立时起就不具有法律效力

B. 当事人不能通过同意或追认使其生效

C. 在诉讼中,法院可以主动审查决定该合同无效

D. 合同全部条款无效

E. 合同中独立存在的解决争议条款有效

场景(十三) 施工单位投标中标后,与建设单位签订合同。在施工过程中,施工单位偷工减料,使用不合格的建筑材料。建设单位多次要求其返工处理,施工单位一直未予解决,因此导致合同纠纷。

根据场景(十三),回答下列问题:

78. 下列解决纠纷方式产生的法律文书,其有强制执行效力的包括(　　)。

A. 民间调解　　　B. 行政调解　　　C. 仲裁　　　　　D. 诉讼

E. 协商

79. 如果建设单位选择诉讼方式解决此纠纷,起诉状中应说明的事项包括(　　)。

A.原告的姓名、住所　　　　　　　　B.被告的姓名、住所

C.诉讼请求　　　　　　　　　　　　D.代理律师的基本情况

E.诉讼事实及理由

80.施工单位若对人民法院委托的鉴定部门作出鉴定结论有异议,申请重新鉴定。法院应予准许的情况包括(　　　)。

A.鉴定程序严重违法

B.鉴定人员不具备相关的鉴定资格

C.鉴定结论明显依据不足

D.经过质证不能作为证据使用

E.有缺陷的鉴定结论可通过补充鉴定解决

参考答案

一、单项选择题

1. C	2. D	3. A	4. B	5. B
6. D	7. D	8. B	9. D	10. A
11. C	12. B	13. B	14. C	15. B
16. B	17. B	18. D	19. B	20. B
21. B	22. B	23. B	24. A	25. C
26. D	27. C	28. C	29. A	30. A
31. A	32. D	33. D	34. B	35. D
36. A	37. C	38. D	39. C	40. A
41. D	42. C	43. D	44. B	45. B
46. B	47. D	48. B	49. C	50. C
51. D	52. D	53. A	54. B	55. A
56. B	57. D	58. A	59. D	60. A

二、多项选择题

61. BCDE	62. ABD	63. ABCD	64. AB	65. ABCD
66. AB	67. ABC	68. CD	69. ACDE	70. ABE
71. CE	72. BD	73. AC	74. ABCE	75. ACE
76. ADE	77. ABCE	78. CD	79. ABCE	80. ABCD